空心人

雪中桦 著

人民东方出版传媒
東方出版社

我是个自由的人，任何人都涂改不了我心底天空的色彩，一切阻碍我内心激流和事业进取的障碍将被我抛弃，我将无情于物质的诱惑和世俗的甜蜜。

第一部

小区的围墙上有个豁口，这是人们为方便进出扒开的。豁口略呈上宽下窄状，地面上灰黄色的渣土间隐约显出墙的痕迹，两旁的红砖断茬凹凸不齐，但每天匆匆经过的人没有谁会认真看它，就像开家门的钥匙、桌上台灯的底座、堆满书籍的书架或者炸油条的油锅，谁没事会仔细端详它们呢？人们要生活，人们总是在忙他们非常重要的事情，他们每天早晨走出家门，目不旁视，步履匆匆，奔向各自心中的目的地，而对于必经之路上的景致、摊位或者在公共场所听到的人事纠葛、家庭琐事都视而不见、充耳不闻或付之一笑。出了豁口，从踏上柏油马路，沿着部队大院的栅栏一直到西边的路口，总共是两千七百一十步，一来一回就是五千四百二十步。我是说在正常步态情况下。我每天都要走上一次。如果报社派我出差采访，我就在旅馆周围走完这么多步。风雨无阻。我数着步走。吃饱了撑的，我对自己说。

我对数字没兴趣，可以说比较厌恶。我认为对数字感兴趣的人，他的形象思维和情绪感受力一定受到限制，久而久之，他就会形成一套不动声色的、条分缕析的观察和思考问题的习惯。但生活有时由不得你不改变。比如我对数字的态度。自从三月份我第一次诉讼失败后，依照法律，我只能在半年后再次起诉，我就在日历和日记上记下时间，按天数算出第二次起诉的准确日期。等我一天挨一天地熬过一百八十三个夜晚，拿着起诉材料，再次出现在法院工作人员面前，她的第一反应是："你应该时隔半年再来，时间到了吗？"我信心百倍地响亮应道："一天不差！"这算什么，我每天还坚持走五千四百二十步呢，也一天不差。但后一句我当时没说，没必要。

从豁口回到小区，透过住宅楼之间的缝隙，见北边的天空快速阴沉下来，我不时侧身用袖子挡住脸，让旋风刮起的灰土、废纸、塑料袋和初秋的落叶从身旁飞过去。可能要下雨了。小区是上世纪五十年代建起的，房子都是式样相同的五层红砖楼，每到重大节日之前，小区围墙和靠墙的住宅楼表面就会被粉刷一遍。我的房间在一栋筒子楼最里边，斜对着盥洗室。我走进楼道，小心地避开两边的碗柜、灶具、杂物箱、自行车和跑来跑去的孩子们，低头从正在做饭的邻居身后快速通过，掏出钥匙开门进屋。房间里的陈设没有太大的变化，关丽第一次来的时候就是这样，那会儿我和弟弟住在这里。进门右手靠墙有一排杂物柜，一个写字桌，一个小书柜，对面是一张双人床，左边有一个小衣橱。屋里越来越暗，我还不想开灯。我坐在衣橱边的一个小马扎上，感觉自己就像屋里随便一件陈旧的摆设。空气中混杂着物品阴潮的气息，还有新买的塑料拖鞋以及走廊上邻居炒菜的油烟味。窗外的风声愈发狂乱，天黑之前最后一缕光线，有气无力地透过玻璃照到墙上的一幅油画上，画面中心是白桦林中一幢小木屋，在耀目的阳光下周围映衬着皑皑白雪。从我坐的角落看去，此刻它是房间里最有生气的地方。

差不多有二十年了吧？我努力回想。这个小区知识分子成堆，但都是搞空间问题研究的，离我“做一个人民画家”的幼年志向相去甚远。从我在纸上涂抹太阳、花园、动物、军用舰艇和飞机大炮开始，到父母费尽气力找到一个在工会搞宣传的叔叔指点我的绘画，中间浪费了差不多十年。“不是这么画。路子不对，得练素描。”工会叔叔隔着一股股卷烟的烟雾，翻着我小儿科的画作，不停摇头。然后他说还有事，就出了家门，把满怀崇敬与期待的我留给了他的妻子和孩子。依然心怀崇敬的我发现了工会叔叔挂在墙上用炭精画的他母亲的遗像，心想这就是素描吧？我总算拜到了一个专业的画家！我对工会叔叔的终极印象，是他的声音永远藏在一团烟幕后向我郑重地传递过来，使我“见其烟如见其人”。我开始画一些静物和人物的素描，同时受了工会叔叔出版连环画的影响，用很细的狼毫在纸上练习白描，大致画的是《智取威虎山》《红岩》《小兵张嘎》《铁道游击队》之类。两三年下来，我的视力悄然衰退，屁股上还坐出了一个脓疮。铅笔、炭笔、水彩、水粉、油画……各种绘画材料我都开始尝试，我和画友骑着哐当哐当乱响的自行车到野外写生，在画布和纸板上涂抹。我觉得任何事情都比不过画笔触到纸板那一瞬间的快乐。不是吗？一片田地，一条街道，几株枫树，首先你得明白为什么它从大千世界中拽住了你的脚步；然后你支好车子，放下画箱，左右前后正像倒像（有时你需要头朝下反过来看景物）地打量、揣摩，设想如何把它表现出来。开始画的时候大家嘻哈说笑，或者锌钛白挤多了，或者你的松节油给我点，或者上一次的颜料还在调色板上堆着什么的，那是因为情绪尚未平稳；你将各种颜料相互调合，在画面还不能表达自己的期望时会变得焦急忙乱，顾不上多言；而效果初现、进一步完善之际，你的话语又多起来，谈的竟是美术—艺术—哲学之类，在潜意识中为自己的绘画表现找一点理论依据。你还囫囵吞枣地啃过刘熙载、朱光潜、莱辛、罗丹、别林斯基、契斯嘉柯夫……你闷在小屋里一幅一幅地临摹列宾、希施金、怀特等巨匠们的画作，几乎把脸贴在那些拙劣的印刷品上，希图找到一点人们不会注意到的技巧。我的情绪时常因为自然中的一树梨花、一个草垛、一抹霞晕而腾起小小的浪花，我好像听得到它们各自想要表述的语言，以至多年以后看到自己的画，仍然能够清晰地回忆起作画时的天气、环境、温度和当时的心境。我报考过专业美院，但最终名落孙山，我半瓶醋的绘画本领与我的旧作一直被尘封在床下那个暗红色的箱子里。后来关丽提议打开它看看。但她不是第一个提议打开的人。

那个学化学的女孩？她是第一个打开的？我努力回想。我的眼前现出一个个子高高的、走路一阵风似的女生椭圆形的脸。和她的交往时间不长，与她相处，我总是莫名其妙地拘谨。随着她风风火火的动作，一种无法名状的味道就会冲向我的鼻孔，并且其味道的特色和浓度还不固定。她可能对此很敏感。她有时向我描述，她们今天又做了什么什么实验，那股什么什么的味道差点把她呛晕过去。我猜想她是让我在下次约会前，对味道早有点心理准备，尽管她每次约会都会换一套服装。此刻，她爽快自然的笑容重现在我眼前，还伴随着不太熟练的琴声。她给我演奏过一次小提琴。拉得不好，她摇着头放下弓弦说，我有空要好好练练，再给你拉。她到我的房间来，我从床底下拉出暗红色的旧箱子，取来湿抹布擦去上面的灰尘，给她看我的绘画习作，每一幅人物速写她都问我在哪里画的，画了多长时间，看风景写生时还问天气怎么样。翻到那些人体素描，特别是女人体的时候，她看得最仔细。我试探问：如果请你当模特，你敢不敢？她随声应道：那有什么？有什么不敢的？她眼眸清澈地望着我：但我只让你一个人画，画多少时间都行。后来我就认识了关丽，终于没机会给化学女孩画人体素描，我们甚至连手也没拉过。如果当初我能够接受甚至爱上化学，或者给她画一张人体素描，我的生活将会是另一种面貌。以今天的情形而论，味道算得上问题吗？可是历史没有如果，现实就是距离，它是你一步步走过来的，所有的人都可以做证。人生没办法从头再来。

我的印象中，那时的关丽，什么事情都是“你定、你定”，我们认识没多久，走在街上，她就用手抓住我的胳膊，一副小鸟依人的模样。我还记得我们第一次接吻是在一个汽车站旁，准确地说是车站后面小树林的阴影里。那是我第一次亲女孩子，记忆中我俩的脸在寒风中已被吹得发凉，还有我狂跳的心声和哆哆嗦嗦的舌尖。关丽第一次到筒子楼来，站在我的宿舍门口，掀着白布帘，慢慢环视了一遍屋内的摆设。你就住这儿啊，挺好的，她说。欢迎参观男生宿舍，我笑着拽她进来。我给她看了书柜里我的书籍杂志，我在各地买的手工艺品。我打开暗红色的箱子，一幅一幅地给她展示我的画作。怪不得你叫夏松涛呢，你画了这么多松树林！她第一次开心地笑。她看那些人体素描，嘴角往下抿了抿，很快翻了过去。我试探说，以后给你画一张？她摇头：我可不想画。我拉她在床上躺下，她脸红了：不行啊，她忽地坐起来。我知道，我说，我们就躺着说话。的确，我们之间还没有比接吻更过分的举动，况且弟弟随时可能回来，我必须马上开门。我们就躺在床上，脚搭在床边，聊一些亲密的话。不知过了多久，她抓住我的手，第一次放到她胸前，隔着衬衫我触到圆圆的、小小的鼓包，有点儿硬。我也拉住她的手，伸进我的水洗布裤子里，我说别怕，就这样，别松手。我看着她的脸，她也看我，我们的眼神炽热地吸在一起，也许我们还接吻了，我能感觉我的手和她的手一样在用力，我的腹部开始从肚脐那里一条一条地痛下去，脸从耳朵根开始发烧，一股热气明显从松开的亮晶晶的皮带扣下慢慢蒸腾上来，别松别松，刹那间我的笑容定在脸上。都湿啦，怎么办？她把手缩回来，起身找纸巾盒。好闻，她说。等以后，都给你，我觉得我眼眶有点潮湿。眼下，弟弟早结婚搬走了，我却又回到这里。

我把这间房子称作我的宿舍，它和我父母住的楼相邻，吃饭的时候我就回到父母那里，我只在宿舍读书和休息。房间里新添了一部电话，它的母机在父母那里，有什么事他们就拨打子机和我对话。除此之外，屋里的陈设与五年前相比没什么变化，但此刻它给我带来一种新的感觉，一种安全感，如同在野外搏斗的猛兽带着创伤默默藏身其中等待痊愈的洞穴。我回到宿舍，除了为报社写稿，就是读书。为了读书，我四处访书、买书，我钻进昏暗狭小的私人店铺，置身于积满灰尘的书架之间，仿佛找到了归宿，我发现我又回到大学时代。我把那些吸满潮气和尘土的书册带回宿舍，在台灯下爱恋般地轻抚，隔着纸页与古往今来的仁人志士、落魄才子痴心交谈，也通过片言短语和在我之前不知名姓的书的主人神交。邻居们从不到我这里串门，我也用不着回访，我每天在父母那里吃完晚饭，到小区外走完规定的步数，就回宿舍关好门，耳孔里塞上棉花，把那些乒乒乓乓的做饭声、稀里哗啦的走路声和孩子大人的叫嚷声隔在门外，隔在我的书籍之外。购来的书塞满了小书柜，我就把书堆在写字桌上。我想好了，桌面放不下，就放桌子下，再不行就放床上。书是我的好友，是我可以倾诉的对象，我从不觉得它们累赘。在等待诉讼结果期间，我乐于与书相伴，我不在乎邻居叫我书呆子或别的什么。就像焦立军说的，人生的路你只管往前走。埋头书页中，我的思维和意识之河又开始潺潺流淌，从遥远的田野尽头仿佛传来农人悠闲的歌谣，我愿意永远沉浸在这样的世外桃源般的氛围中。潺潺流淌的清澈河流常常不久就拐了弯，它开始变得烦躁而浑浊，我发现我所在的地方变成一张大床，一个天地间唯一干爽的地方，在环绕它的越来越急的水流中旋转，还伴着滴滴答答的雨声，刚才还沉浸在淡淡晨烟中的青绿田野，一会又变成死一般寂静的楼区之夜和逼仄的窗格间由枯干枝丫、灰色瓦片组成的肮脏景致，我独自一人，坐在吱扭作响的行军床上沉重地叹息。每逢这个时候，我总是产生疑虑：我离开过这间房子吗？那些楼区、窗格究竟闪回着谁的生活片段？我把手插进头发，试图通过身边的一件衣物、一条毛巾、一缕异样的气息来验证事实的存在。但回答我的，只有屋内不变的陈设以及若干年前就挂在窗檐下瑟瑟发抖的几根蛛丝。我站起身，听到膝盖和小腿胫骨由于僵硬而发出噼噼啪啪的响声，恍惚间，我看到缩在墙角的那个瘦骨伶仃的小书柜突然向前栽倒下来，破碎的玻璃被雨夜里塔楼闪烁的灯火映照着，在向四处飞溅时划出一道道奇异的、生命最后的光亮。

我把洗漱用具、T恤衫、录音笔什么的装进背包，对东东说："爸爸要出门，你在家要听奶奶的话。啊？""爸爸给我带好吃的！"东东扬着手里的滋水枪，好像挺开心。实际上奶奶管他，比我怎么也松些。

我采访已经跑过全国许多地方。临沂，我没到过，没什么概念。临沂属于革命老区，目前唯一能和记忆联在一起的，就是解放战争中沂蒙山红嫂用乳汁救伤员的故事。我在泗水停了一夜，再搭车赶往下一个县城。一路起伏颠簸，车窗外一直是丘陵、山地，山地、丘陵。孙大姐在我旁边，一声不响。她在报社负责财务，她的脸上永远有一种干练稳定的气质，我猜这是军旅生涯的痕迹。我没有当过兵，这一直是我人生的缺憾。我听说她十七岁就参军了。在报社我们只是面熟，没有交流过。到县城了，按计划我们参观啤酒厂，与厂里敲定了需要撰写的企业发展方面的文字、图片内容和具体发表的时间。吃过午饭，下午转了县城最大的购物中心和商厦。县城街上人不多，尤其看不到年轻人。他们都在大城市打工吧，孙大姐确信不移。晚上回到旅馆，和孙大姐道晚安后各回房间。电视里正播抗日剧，男主人公油头粉面，女主角粘着长睫毛，相拥在浓烟和爆炸背景前倾诉衷情。战争啊……几个字刚出口，我右腹部突然一阵窜痛，像一条鳝鱼四下里乱钻乱咬。镇静，我对自己说，洗个澡，可能休息休息就好了。电视里男女主人公的爱情奏鸣曲正逐渐进至高潮阶段，我在床上翻来覆去，毛巾被盖上又掀开，腹部疼痛未减，反而加大面积窜至后腰以至整个后背，我开始恐慌起来，穿衣下地，半趿拉着拖鞋，弯腰一溜小跑，敲开孙大姐的房门。她开了一条门缝，露出半张脸，听我简要叙述了病情，缩回身去急急收拾，扶我跑向前台打听了医院的方向，出了旅馆大门。暗，夜的暗，眼睛不适应。看清了才发现，大门外停了些吉普车，我听说过，车子的主人白天为单位开车，晚上跑私活。我们忙乱地爬上一辆车，车子七拐八绕，不知不觉中甩开了模糊的行人、街市零散的灯光和忽地相错而过的车辆，驶向黑暗中。除了司机，吉普车后座上还有一位青年妇女。她和孙大姐轻声地交谈着，应该是谈论我的情况。去哪个医院，显然只有司机心里有数。两道车灯孤零零地伸向可怖的远方，路旁看不到任何提醒标志，吉普车起伏颠簸着，有时擦着岩石奔驰，发出剐蹭的声音。远近没有一丝灯火，显然我们已置身于大山之中。

怎么这么远？旅馆的人告诉我们说很近？孙大姐焦急地问。那个医院条件差，我带你们去我们这最好的医院。司机探着上半身眼睛盯着前方回答。后座的青年妇女随着车身的起伏颠簸隐约发出哼哼的声音，有一次我模糊听到她一句“你这钱挣的”，像是数叨司机。我顾不上了，完全跟不上了，腹痛一阵阵加剧，呃逆翻气，头晕，大口地喘息。孙大姐用手抚我的背，不停地说坚持……汽车终于停在一幢矮楼的台阶前。孙大姐向那个女子结车费，司机扶我走上台阶。急诊室，验血、观察、交费、取药。我被扶着上楼。没有一盏灯，从走廊几扇窗户中透进路灯极弱的光亮，偶尔有一辆长途汽车挟着强光与轰鸣划窗而过。躺在椅子上，夜的凉气裹着浑身汗湿的我，头枕在长椅扶手上，僵硬却那么现实。无边无际的黑暗，好像纠集了邪恶的势力，目标明确地向我包围下来，陌生，无助，像一片鹅毛，微不足道。嗯，医院。我是谁？一个普通病人。沂蒙山？红嫂喂伤员。我，一个外来人。从哪来？北京。等我想想，还有，家，争吵，裂变，那张扭曲的面孔，鄙视的眼神，变了腔的斥责，还有，东东，奶奶爷爷，伸过手来的朋友们……没了，声音一切都遥远、模糊，能把握的，只有血肉之躯内真实的疼痛感和我发出的呻吟回声，空洞的回声，空洞……

不知过了多久，孙大姐抱了一堆药回来，把我扶进观察室，做皮试，打了止痛针。屋内还有几张床，围着几个面色黝黑的农村妇女，她们聚在我的床头，从上往下打量我，时而低声议论，发出善意的笑声。刺眼的光线，和陌生的脸。输液，我慢慢睡过去，妇女们的低声谈话，庄稼啦、卖水果啦、彩礼啦、孩子啦，渐渐离我远去。头脑里的影像杂乱缤纷地互换，一刻也没有停歇，直到越来越热的晨光敷在眼皮上。孙大姐轻轻碰碰我的胳膊：想喝水吗？医生通过B超及一夜的观察，排除了阑尾炎和胰腺炎的可能性，认为是尿路系统结石。她建议我还是坚持一下，回京再诊断，决定是否做手术。出了医院大门，问距离最近的一辆吉普去旅馆多少钱？答曰十元。孙大姐喜形于色，急扶我上车，路上她贴着耳朵告诉我，昨晚来时的车费是五十块钱，这辆车真便宜！她喜色未褪，车子拐了一个弯，忽然停了下来，司机说：到了，是不是这儿？孙大姐跳下车，手扶着车门，呆了半晌，又把头探进车内对我道：下来吧，到啦！进了旅馆大门，她大笑一声：我们昨天被蒙了！沂蒙，蒙人！

回京的火车上，孙大姐又嘀咕起来，怎么会有这么狠的人？明明知道拉的是病人，死乞白赖地生生拉咱们到山里转那么一大圈！你要是给人家病情耽误了怎么办？她越说越来气。我还在想上火车时那几个汉子的表情。为我们送行的啤酒厂的几个汉子骂：他就不是人！挣这昧良心的钱，断子绝孙！真他娘把老区的脸给丢尽了！我劝孙大姐：都过去啦，我这不是好好的吗？你欠我一个人情啊，她笑。昨夜，她扶着脚下瘫软的我，抱着药，楼上楼下地奔跑。输了几瓶液？喂过几次水？夜里好像她扶我去卫生间撒过尿？我记不清楚了。那会儿，她是我的依靠，像我的家人。

你现在家庭的事处理完了吗？你愿意说就说说，你大姐怎么着也算过来人。孙大姐一边剥橘子皮一边说。

好吧，反正咱们待着也是待着，我就说说吧！这说起来话长了，别嫌啰唆啊，家长里短的事儿，本来就啰唆。

走廊里一串沉重的脚步经过。就在这个房间，应该是我们的第一次。我拨开杂乱的旧事枝蔓在记忆丛林中搜寻着，慢慢地它就像电影画面一样，逐渐在我眼前清晰起来了。一个中午，我现在想起来了，是午饭之后，母亲勉强同意我俩到宿舍休息一会儿。天气挺好，你们俩可以出去走一走，母亲意味深长地看着我说。

午休时间，但在星期日，邻居们大都在洗洗涮涮，远远近近总是有人走路说话。南面的窗户洒下来一天中最好的阳光，这在冬季里让人陶醉。我和关丽拉着手躺在床上，听着外面的动静。弟弟去外地进货，按说没有什么人来打搅我们，但只是原则上。不一定，我说，我母亲好像话里有话，没准她一会儿就找个什么借口过来查看，我的那些狐朋狗友也可能随时过来敲门。做贼心虚，关丽一边笑一边捅我的肚子。我翻过身，压住她，把两手伸到她腋下胳肢：我就是贼，我就是贼！关丽笑得喘不过气，滚到一边，我开始解她衣服的纽扣。行吗？她问。

我顾不上回答，我记得我手忙脚乱。关丽闭着眼，在中午的南窗下，她的皮肤白得耀眼，我把脱下来的毛衣盖她的小腹上，我担心她着凉，同时觉得她小腹下的那一丛卷曲稀疏的体毛在阳光下过于刺眼。屋子不大，又在一层，如果有人在窗下或者门外细心倾听，总会露出一些蛛丝马迹。我把关丽遮到眼睛上的头发小心翼翼地分开，扯平，摆在枕头上，仿佛它们会损坏或折断似的。就在那个瞬间，关丽在我身下叫一声我的名字，我赶紧停下来把手指放到她唇上。我还记得她露背真丝吊带睡裙那根细细的带子数次轻轻地擦过我的嘴和眉毛。记忆不可靠。嘘，安静。窗外传来鸟的鸣唱。走廊上再没有脚步声。我躺着喘息，我觉得两腿僵直，两脚冰凉冰凉地伸向远方，四外无限空旷，似乎墙上那幅雪中白桦林的油画也在无限的空旷中慢慢向远方淡去，融化在大自然里，它们原本来自远方，回到远方当然是它们最好的选择，是它们的必由之路。人也是向远方走去的，还有白天鹅，对，白天鹅，许多只，它们扑打着翅膀优美地起飞，在雪地上扫起细密的雪雾，越来越远，飞到一片刺目的云彩里。走廊上又有人走路说话，我睁开眼，发现自己盖着被，关丽正手支下颚从上往下看我。她说，你睡了一大觉，真能睡。

两间平房是在市区的一个大杂院里。搬进来之前，我请人帮助粉刷了外屋的墙壁，里屋的顶棚和墙面重新糊了白纸。从台阶下向屋内看，木艺仿古顶灯映照着新订做的高低柜和三屉桌，一张可以随时打开收起的折叠餐桌，上面摆着一套印有小花的玻璃茶具，墙上挂了一幅我画的夏日荷花。新买的席梦思床放在里屋，门口挂着描绘嫦娥奔月的布帘。煤炉子也安装好，铁皮烟囱闪着金属的光，连摆放在窗下的蜂窝煤也码得整整齐齐，显出新鲜的乌黑色泽。

有时候你会有一种奇怪的感觉，那感觉实际上来自外部，你的意识事先并没有给你发出明确的信号，是你本能的生理反应。那天傍晚的事情就是这么奇怪，还有那个奇怪的人。我和关丽在街上简单吃了晚餐，回到房间正收拾东西，门口来了一个人，是关丽先发现的，她惊恐地发出一声尖叫，把我吓了一跳，直到我转过身发现门口站着一位姑娘，我的耳边还在回响着关丽的尖叫。这位姑娘面带一种奇怪的笑容，眼睛亮亮的，两手僵硬地贴在身体两侧，她立正似的站在门槛外的台阶上，并没有要进来的意思，也不说话。关丽慢慢移动到我身后，仿佛怕惊动了门外的人，我也有点紧张地问：有什么事儿吗？你们，新娘子！姑娘从喉咙深处奇怪地发出几个字。我瞬间可以肯定，她的智商有问题。我正在想怎么回答，门外的夹道处响起急促的脚步声，一个男的吼着，你又出来瞎跑！一个穿背心短裤的男子出现在灯光里，一边对我笑着说对不起、对不起，一边猛地把姑娘扯走，黑暗的夹道里传来姑娘“新娘子”“新娘子”的喊声。我松了一口气，这时才感觉到疼，关丽的指甲几乎掐进我手臂的肉里。平静下来后，我像倒带似的回顾整个过程，我发现，那一刻，应该是姑娘出现在门口的一刻，背向门口的我的确产生了奇怪的感觉，那应该是一种应激反应，或者预感，我不能肯定。我关上门，让关丽坐在桌旁，倒了杯水给她。原来这院里还有个傻子，我说，不过不用怕，她好像挺乖的。吓死我了，关丽咕咚喝了口水说。

我们的两间平房门窗朝西，外间是瓦房，房檐已经下沉，不得不用几根方木顶住，门窗的木料也已朽化开裂，屋内吊的石灰棚顶。里间是房东自己盖的，平顶，纸棚，隔一两天总能听见老鼠吱吱叫着乱窜。你这叫东房，有钱不住东南房，后来隔壁院的一位老奶奶说。

我们出门时都把门窗紧闭着，怕落灰尘和潲雨。邻居说，这个平顶的小房子从盖好后就漏雨，每年夏天房东都要上房维修。每次我下班一打开屋门，艳丽的新婚色调加上一股潮气就会同时迎接我。不到三个月，里屋墙上的白纸慢慢变成花纸，外屋三屉桌的抽屉即便用脚帮忙也很难拉开，抽屉里的东西都开始发黏发软，书籍本册的外表挂上了一层白毛。放在旅行箱和柜子里的衣物，好像在浓雾天里晾过似的半干不干。除了塑料鞋，皮鞋、旅游鞋里面都长满霉斑。我对关丽开玩笑说，咱们不会中毒吧？

我和关丽从小都在楼房里长大，没住过平房，没有如何防雨防潮的经验，也不明白如何与院里的邻居相处。一天早晨临上班时，我见天气晴好，阳光已越过屋角，照到对面人家的墙壁上，我就把被子拿出来晾在铁丝上。十点多，我在报社接待一位访客，忽见天阴下来，过一会儿下起了雨，我心慌起来，想到晾在院里的被，请了假，急急往大杂院跑。到了家门口一看，铁丝上空空如也，被子没了踪影，我收了伞，正开屋门，邻居大妈过来说，我们看天阴了你还晾着被，我们就给收起来了。我连连致谢。有一天邻居大妈到门口，我请她进来坐，她巡视一遍说，像这个布娃娃，暂时不穿的衣服、鞋什么的，应该用塑料袋密封起来，纸箱子应该用砖或木板垫高，有的物品应该放到书柜上面，这个砖地最好铺上地板革，隔潮，天气好的时候晒晒被，多开窗通通风。关丽下班后，我复述了大妈的话，她点头说，应该好好感谢人家，那我们铺地板革吧。

星期日，说好一位商报的朋友来家里。我一早跑到菜市场买了排骨、蔬菜还有短缺的佐料。骑车进了院，把自行车靠到小厨房边上，见关丽已经起床，她换了件新衣服，穿一双坡跟皮鞋，正坐在小椅子上擦鞋。

“你吃早点了吗？”我开始收拾排骨。

“我刚才吃了一个苹果，等中午吃吧！”她端详着手中的鞋。

快到中午的时候，排骨焖好了，米饭也蒸上了，这时朋友嚷嚷着找到屋门口：“让我看看你们幸福的小窝！隔着半里地就闻见饭香味儿了，今儿个我俩可要好好尝尝你的手艺。”我从厨房伸头看，见他身后还站着一个女孩，挺着胸，装束朴素。朋友介绍，这是我的实习生。见过大哥，见过嫂子，女孩点头。我端上了蒜苗炒肉、蒜蓉生菜，加上焖排骨和冷拼，关丽打开一瓶葡萄酒，四个人围着折叠桌，已经把外屋的空地挤得满满当当。我往屋里端菜时，女实习生也帮我从厨房拿碗筷，我端着一盘菜上台阶进屋，她正要从里面出来，就站在门口侧身让了一下，我经过时手臂微微蹭到她胸前，顷刻间我有些异样的感觉。

也许从此时起，我在饭桌上与实习生对话老是不自然。这是我后来想到的。我问她毕业的学校，还有现在实习有什么问题。有男朋友吗？我突然问她。她噌的一下满脸通红。我偷偷看了一眼关丽，她虽然在笑，但有点僵硬，眼睛盯着菜。饭后实习生抢着去洗碗，我和朋友沏了茶准备聊天，关丽说你们聊，我困了，就到里屋关上门。朋友聊了一会儿说，咱们说话声音太大了，我怕影响嫂夫人休息，时间不早了，我们告辞。他们收拾东西刚出屋门，关丽忽然从里屋出来，说你们要走了？大伙惊讶：你没睡吗？我睡了一会儿，关丽努力在笑，谢谢你们能来我家。我俩送朋友到院门口，我拿出一张名片递给女实习生说，以后有什么事儿找我。女孩刚要伸手接，关丽突然从我背后抢过名片，厉声道：联系就不必了！接着把名片撕碎扔到角落的垃圾桶里。旁边的人全蒙了，不知说什么好。女实习生红着脸退到朋友身后，朋友脸色难看地朝我举了下手说，你们谈你们谈，转身走了。我退回院内，耳根发烫，浑身在哆嗦，冲关丽怒吼一声：你干什么？关丽说，我看她就不像好人，勾引人家男人！我想喊又怕邻居听见：你也忒小心眼儿了吧，人家还没毕业一学生，你把人家看成什么啦？忙活半天说请人家来吃顿饭，结果弄这么个德行！新闻界什么也藏不住，说不定明天就传得满城风雨，不定把我传成什么鬼呢！以后还怎么请朋友到家里来？别来，都别来，关丽嘟着嘴，回到屋里。我跟着上了台阶，刚想再对她说点什么，她进了里屋，狠狠甩了一下布帘，从布帘下能看到她沉重地躺到床上，又把两只皮鞋蹬到地上。看样子她不准备跟我谈，也什么都听不进去。我在外屋空地上转了两圈，想不起有什么事可干，气还堵在胸口。屋里又潮又闷，我找到钥匙，抓起帽子，带上门，走下台阶。

抢名片那个瞬间，我印象太深了，怎么也挥之不去。走在胡同里，同院的邻居相向而过，和我说了一句什么，我也没听清，我只好点点头。抢名片就像打我的脸，而且当着实习生，那么年轻的孩子。关丽怎么能这么做？最不可思议的是，她抢过名片后不是揣到兜里，而是撕碎了扔进垃圾桶，这一举动就像对我酝酿了极大的厌恶。她难道不知道她的丈夫要脸面，她不知道事业在她丈夫心中的分量吗？撕名片的事件如果被添油加醋地传出去，就相当于在他的事业之火上浇了一盆凉水，不，简直是泼了一勺粪。

走到胡同口，自行车、行人和往来的车流一片凌乱，他不知道该往哪去，犹豫了片刻，下意识地随着几个行人向右拐，沿着一家家商铺门前的小道溜达。来到一个宽阔的台阶前，玻璃大门右边，立着一块广告牌，上面有一个笔画粗犷的“书”字。他想起来了，这里原来是一家电影院，现在改成图书馆了。图书馆不错，总算是僻静之地，他走进去。一条长长的光线昏暗的走廊，两旁是沙发、落地灯和矮小的书架。走廊尽头连接主厅，光线从顶部投射开来，使人豁然开朗，三层圆形设计，每层沿墙摆满书架，大厅中央的空地上安放了桌椅上，供读者阅读使用。夏松涛从书架上随便抽出一本书，找了一个空座位坐下。他静下来回想刚刚发生的整个事件，渐渐理出了症结所在。就在门口的万分之一秒，在他蹭到那个挺拔的胸脯时。这个瞬间，关丽也看到了吗？从结果来推想，答案是肯定的。关丽一定比他更早就注意到了女孩的胸脯。关丽的乳房很娇小，他们在一起的时候，夏松涛抚着它问，是不是以后到了哺乳期它就会变大呢？关丽说这我怎么知道，我又没有生过小孩。但他知道她很在意乳房小这回事，她也知道他在意。有一回参加科技博览会，看到一个销售丰乳器的摊位，他俩停下来，向销售员咨询性能，销售员眼光犀利地从关丽的胸口又转到他的脸上，他开始面孔发热，越来越尴尬，就拉着关丽转到别的摊位去了。这是个信号，他想，今后自己要注意，关丽是一个很敏感的女人，也许他俩一起上街或散步时他的眼光在不该停留的地方停留了。自己要格外小心，不能因为这么个小节就毁了他们的关系，毁了这个家。一个女孩追着一个男孩从远处“啊啊”大叫着跑过来，再后面是一个老人，他压低了声音喊小声点，不许大声喧哗。夏松涛把思维转换一下频道，他明白了，这家图书馆身处闹市区，一到下午学生放学，这里就成了小学生做作业的地方，看管他们的爷爷或姥姥见面只顾聊天，图书馆逐渐变成游乐园了。女孩追着男孩又跑过去，夏松涛实在忍受不住，他站起身，合上书，把它放回书架，走出图书馆。

一直到了大杂院门口，他还没想好将用什么样态度对待关丽，如果她插上门不开，他会发火吗？当着全院人的面，他踹门还是砸东西？那样太不像话，肯定会有邻居来劝架，问起缘由，他不知该怎样回答。名片？撕名片？为什么撕名片？夏松涛想象全院人咬着耳朵继而前仰后合。他走到台阶下，吃了一惊：门开着，房间内还是像他们刚搬来时一样灯光夺目，那些桌椅啊，镜子啊，玻璃器皿啊，都熠熠发亮。他咳了一声，跨过门槛。关丽从里屋出来，她关上门，对满脸惊讶的夏松涛小声说，饭我都做好了，我出去买了两张下午的电影票，是破案片，吃完饭咱俩看电影去。夏松涛走到折叠桌前，看见碗筷已经摆好，两盘菜上面都用保温盖盖着。关丽说酒还有一点，你愿意喝就喝，我怀孕了，不能喝。咱们现在有孩子了，你那么能干，一定有出息，我也要多挣点钱，咱们一家人要和和美美地过下去。

第二个夏季，我们的孩子即将降临人间，我把双人床从里屋挪到外间，一是关丽老说胸口憋得慌，里屋由于漏雨确实潮气太重，另一个也是不得不挪。搬床那天，关丽上班后，我在外屋写稿，先是听到里屋吱吱咯咯的怪声，我循声查找，见里屋靠墙的书柜正缓慢地向前栽倒下来，幸亏被床榻接住，书柜第一层的玻璃被沉重的书册压碎，玻璃碴和书籍、摆件乱七八糟地堆在被褥上。我跑到外面捡了几块砖头，回来垫好书柜，仔细清理了床铺和地面，摆好书册，把书柜下层的玻璃安到第一层，接着去外面加急配好玻璃，回来安上。再请院里一个小伙子帮忙，把席梦思床从里间挪到外间，把高低柜和三屉桌请到里屋，特别用三屉桌侧面的布挡住书柜下的砖头，反反复复检查了被褥的表面和缝隙间有没有碎玻璃。关丽下班回来我轻描淡写地说了搬床的事，强调了漏雨，没敢提书柜。没过多久，一天早晨大约四点多钟，外面下着雨，我们正在昏睡，关丽叫了起来，把我惊醒。我往棚顶看去，一道水迹正迅速地从东北角向西南角漫延过来，沿途不断有水滴滴落，两人紧急起来，拿盆装上旧衣服，放在床上接水。忙了一阵，外面的雨不见小，屋里的水滴越来越密，我得上房了。当我披着雨衣登上屋顶一看，这一惊非同小可：屋顶正中间有两个拳头大的窟窿，从四角聚来的雨水正潺潺地向洞里流去。我急忙找来油毡和塑料布铺在洞上，用砖头压住。到了白天，奔波了一通，我总算找到了漏洞的原因。原来旁边的单位盖房子，工人不慎掉落了水泥块将屋顶砸漏。单位很快派工人来，在房上铺了两层油毡，边上用木条钉死，再浇上沥青。折腾了多半天，漏雨的事算是解决了，但外屋的灰棚顶中间破了一个大洞，我们结婚新买的被面、床单和枕头、枕巾都已淋湿，由于水中带泥，形成一片片黄渍。里屋墙角附近一大块糊顶棚的纸耷拉下来，我从下面望去，房柁和椽子上长满蘑菇和其他菌类，大大小小的，仿佛什么妖魔的巢穴。关于屋里顶棚的问题，单位的工人们讨论了半天，最后留下一桶白灰膏和200元钱就走了。关丽一边嘟囔一边洗床单被罩，反复多次，还是有浅浅的黄色痕迹。她狠狠地把衣物摔在盆里，“这日子怎么过啊”，说着掉了眼泪。

我从屋顶朝下看，大杂院里人来来往往，各家正忙着做晚饭，他们手里端着盆或者锅，里面盛着米或鲜菜，到院内中央的水池去洗，断断续续听得到他们轻微的说笑声。从两个尖房顶的空隙，能看到两栋楼房以及灰色的塔吊轮廓，天空现出很浅的蓝色，更远处，蓝色渐渐转化为暖紫色，楼房以及塔吊映衬在微微发亮的云朵背景之上。白日将尽，使人心中升起一种复杂的感情。院里的住户，有的窗台上摆着大盆小盆的花草，另一家门前却挂满衣物。在一扇一扇的窗户后面，人们相同又不同，我想。也许他们在饭桌上各自述说一天或者一周来的见闻，也许他们边吃饭边看电视，还议论着时事，也许他们正为子女的什么事发愁怄气。生活就是这样，每一家，为了生计，人们四处奔走，然后他们回到房间里，他们恩爱，他们对话，他们冲突，直到肉体消灭。要了解人、认识人、与人相处真的很难啊，就像从我所在的屋顶看下去，人们或者只能看见一个脸庞，或者看到上半身，总是很难见到全部。随着阳光一点点暗淡，想再仔细分辨从狭窄的夹道经过的一个人的面部细节或表情就更不容易了。

几乎每周，我都要上房巡视，遇到雨季，我上房的次数就更多。我练得身轻如燕。有一次，家里来了一位老同学，正谈话间，我恍惚听到房顶上有动静，我说稍等，就出了门，踏着墙角堆放的箱子柜子熟门熟路三脚两步就上了房，老同学在下面见了，张着嘴半天说不出话。自从发生水泥块掉落的事，我的心总是提着，下大雨的时候我就想，万一排水口堵住了怎么办？如果阴雨连绵，我则担心雨水一层一层地渗下去，那些早已腐朽的梁和柁会经不住。每次上房，我都非常仔细地查看：瓦房顶的瓦片有没有因为野猫打架造成的脱落和碎裂？平屋顶有没有新的裂痕？工人用来钉死油毡的木条有没有松动？用来压油毡的砖头有没有被挪动？特别是排水沟，无比重要，即使有一根细小的木棍或风刮来枝条，我也要把它捡起来，装进杂物袋内带下屋顶。自小到大，从住房和安全的角度，我没注意过雨。现在我变态般地怕雨，不管大雨小雨，雨天总不如晴天。天一阴，我就像在水底下闷久了，胸口憋得发硬。当我在报社工作的时候，碰到外面下雨，我总在想，我远在大杂院里的小窝一定更加潮湿了，里间的漏雨点恐怕又增多了几处吧？下班回家走在胡同里，忽然闻到热烘烘的沥青的味道，马上想看看是哪一家在修补屋顶。看到有工人在邻居家屋顶上忙活，觉得一定是屋子哪个地方漏雨了。雨天里，我会坐在书桌前，读一会书，再仔细听一下棚顶发出的声音，根据水滴的次数来衡量屋顶的变化，甚至好几天没有听到老鼠跑动，就猜想是否石灰棚顶已经一片洇湿，以致老鼠们全体另居别处？……好，今天的巡视圆满结束，我得忙活晚饭啦，关丽这会儿应该下班往家走呢。

两年里，关丽多次往返上海、广州、深圳，还去了一次香港，每次回来她就像换了一个人，脸上焕发着阳光和海洋的光彩。她给自己买了一些内衣、套装，还有提包。那次她在香港买了一串珍珠项链，回来以后，先让我试穿给我买的衬衫，最后拿出项链，在我观赏时小心地看我的脸色。她解释说，这次我给国家省了六万多美元呢，加上前两次出差的奖励和补助，我算了算，处里得奖我三千来块钱，这个项链是我应得的。我一个劲儿地夸奖她能干，心里却有几分愧疚。一般来说，应该是我给她买一些东西，但是我出差很少往深圳和广州跑，而且我也拿不出这么多钱。

关丽的活动多起来，她有时候让我陪着她去饭店见港商。我什么也不懂，我说，插不上话呀。你到那什么也不用说，关丽不以为然，人家请你喝茶你就喝茶，请你喝咖啡你就喝咖啡，你就打个招呼，然后你就在一边看你的书。关丽边照镜子边说，他们心眼多着呢，我听说有的还往你饮料里下迷药；有几次我和他们在茶座谈合同，过一会儿他们就让我去房间里谈，我坚决不去；我到饭店让你陪着，就是让他们打消坏念头。

中秋节前，一位港商请我俩到海鲜酒楼吃饭。石斑鱼，海胆，龙虾，鱼翅。关丽怀孕了，港商就让我代酒。我喝得满脸通红。关丽惊讶地说，你不能喝酒啊？出来的时候我开始摇晃，关丽扶着我，和港商道别了，我们就沿着街走，人群熙攘，男男女女，花天酒地。关丽说你知道这顿饭花了多少钱吗？我告诉你，光鱼翅就两百多一份，那条鱼也得三百多，你想想吧！我头晕耳热，胃里在翻腾，走起路来高一脚低一脚。我一个月工资才两百左右，此时我只想到一个词，醉生梦死。我只想回家睡觉。改革开放，商品大潮。我对自己说，你就算体验生活吧。

关丽在班上，去卫生间的时候发现卫生纸有点红色，吓了一跳，她去请假，说自己不舒服，主任笑嘻嘻地说，你要特别注意身体，这几个月很关键，不舒服就在家休息，出了问题小夏该找我啦！这家伙总是话里有话，关丽心里嘀咕。回到办公室收拾好桌面上的文件、表格，出了单位直奔医院。医生看过，开了些保胎药，嘱咐休息。关丽回家对我讲了情况，她说准备多请一段时间的假。有那么严重？我问。怀这个孩子不容易，你忘了我们都做掉一个啦？她瞪我，然后出去给主任打电话。一会她兴高采烈地回来说，主任让我休息两个月，哈！

我喜欢你不上班的时候。关丽抓着我的手放在她赤裸的背上，示意我搂紧她。那阵子，只要没有我的版，或者没有约好采访，我就不用去报社或外出。我们可以放纵地睡到自然醒，然后放纵地做爱。后一个放纵，严格说是意识上的。我们刚搬进大杂院那会儿，邻居们知道了我们是新婚，老年人都说一些祝福的话，年轻的媳妇们见面就开一些含义很深的玩笑，小伙子们和我擦肩而过时，他们的眼神里若有若无地带着羡慕。一天晚上，我们躺下聊天，我听见窗外有小响动，我悄声下床突然拉开窗帘，见院里的一个半大小子的脸从昏暗的窗外闪过，咚的一下就没影了。以后我们动作得轻点，我回到床上对惊呆的关丽说，谁也不能出声。现在好了，天光大亮，院里洗漱的人、遛早的人和上班的人来来往往，我和关丽都不赶着上班，我们不用担心有人听床，而且即使我们发出轻微的声音，也都被院内嘈杂的声响遮蔽。我们随心所欲。这行吗？一开始我犹豫不决。你只要动作轻点，应该没事，我的感觉我清楚，关丽蛮有把握的样子。我还是欲进还退，她却几乎天天早晨把我摸醒，我们的儿子还等着你问好呢，她贴着我的脸笑。她的体温似乎比以前高些，整个人因为平静而显得成熟，我获得了一种前所未有的浓郁和醇厚。

每天他们都不用早起，他们亲亲热热地脸贴脸说一些平时难以启齿的话，他们黏黏糊糊的时间比过去更长，然后他们收拾停当，享用一顿美餐，封好炉火，锁好门，干干净净地走进院落中，男的春风得意，努力挺直腰杆，女的喜上眉梢，但多少带点羞涩，和邻居们打了招呼，说着他们自己才能听明白的话语，掐一下，推一把，相拥着走到阳光里和大街上去。

春节，回我父母家，年饭后，母亲把我叫到一边说，我们都商量了，你们回来住吧，你们那个房子漏雨太厉害，对关丽不好，也不利于孩子生长。你弟弟他们老去广州、深圳进货，另外他说了可以住到公司去，反正公司堆着货，也得有人值班。你和关丽住到楼下那间房子里，等孩子生下来，请个小阿姨，住在楼上外间，我们也能帮着带一带。你爸他找了一个上下铺，安在外屋，小阿姨可以睡下铺，让你妹妹睡上铺，她现在男朋友对她挺好，可能很快结婚，到时候她就出去住了。你也可以抓紧这个时期好好整理一下城里那个小房子，夏季之前修好，你们想住哪边都行，到时候看。

我问过关丽后，就开始搬东西。

我正张罗着做饭，突然关丽在房间里大叫，我推门进去，见她叉着腿站在那儿不敢动，地上有一片湿，她说可能破水了。

怎么办呢？怎么办呢？我跑去打了电话，一会儿救护车到来，正是下班的时候，人们推着自行车围着救护车看。众人把关丽扶着，上了救护车。在医院妇产科外的门厅里，我焦急地等待，一会儿父母和妹妹也赶来，护士出来说，情况正常，得等待。一会儿关丽跑出来，我们都惊讶说你怎么能乱动，她说医生说看情况得明天上午生了，你们都回去吧，让松涛在这儿就行了。我不放心，在门厅等到半夜。再敲门问，护士还是那句话，得等待。我回家定了闹钟，胡乱睡到清晨，五点跑到医院，问护士，说四点已经生了，我问母子平安吗？护士说都挺好。她笑眯眯地看我：你怎么不问是男孩女孩？我说男孩女孩都行，只要健康就好。她说，告诉你吧，是个儿子，高兴吧？

好不容易等到早上医生查房之后，我见到妻子。她一见我就抓住我的手哭起来：破了水，我心里急啊！同病房的人说可能会脐带绕住婴儿脖子引起窒息，我着急，就使劲使劲，我想给你生个健康的小宝宝。我说，是儿子，医生说挺好的，你放心休息吧，休息好，想吃什么我来弄。我捋齐她的头发。她抓牢我的手，压低声音：咱们一家人一定要好好的，比谁都好。

小沈是我从家政公司挑的，之前在别的人家看过小孩。小沈是安徽人，但她说她母亲是四川人。小沈到我家后，对我叫哥，对关丽叫姐，对两位长辈叫爷爷、奶奶，她手脚麻利，很快融入这个大家庭。我跟关丽开玩笑说，她的体形属于沈从文小说里写的那种，典型的中国南方女子，白脸，削肩膀、长腰。

小沈念到初中毕业。每过两三天，小沈就用美丽的卷发器，把自己的刘海烫成弯弯曲曲的样子。她还爱用一个粉色的横格本儿，有空在上面写点什么。我觉得也许是日记。一天饭后，刷完碗碟，奶奶陪东东玩，小沈走到我面前，大哥，有时间吗？我想请你帮我看看我写的文章。她把粉色横格本递给看电视的我。我见横格本前面半本已经密密麻麻写满了字，她打开的是其中一页，文章题目是《春天》：

> 三月份，正是北方的春天，春天来了，屋子外的阳光照在人身上暖暖和和的，而在屋里却越坐越冷，因为停了暖气，北方人就得多加一件毛衣。
>
> 上中学的时候，我们学了朱自清先生的散文《春》，老师有情有调地朗诵，给我留下深刻的记忆。朱先生在散文《春》里面讲，春天像健壮的青年，有健壮的胳膊和腰，领着我们向前走。我小时候感觉春天像一位少女，现在我长大了，看春天不再是一个少女，我觉得她像一个成熟的家庭妇女，她有千姿百态，让你逃不过她的魅力，处处感到她的存在。她的美，神圣而不可侵犯。
>
> 在我心里，春天既是一个健壮的青年，又是一个成熟的妇女，春天像一个家庭，充满着美好的希望。

我找出《朱自清散文集》，小沈你看，朱先生在《春》这篇文章里，先描绘了小草嫩嫩的，又说桃花、杏花什么的争奇斗艳，再说家家户户都出来了，抖擞精神，各做各的事儿去，最后朱先生总结说，春天像娃娃，春天像小姑娘，春天像青年。前后连贯，先铺垫，再点睛。我用手点着本子说，你的文章前面说在屋里冷，后面说春天像个家庭妇女，很突兀——突兀你懂吗？就是突然，让人莫名其妙。所以你有空再认真读一遍《春》，还有其他作家的散文，多读，就能找到感觉。不过，你写春天像个家庭妇女，哈哈，好像从来没有这么形容春天的。谢谢哥，我就是坐不下来，看两页书老分神，我尽量吧，小沈说。她有一次抱着东东到我宿舍，看到小书柜上摆满的书，她轻轻抚弄着书籍说，这么多书，哥你真厉害，我一辈子也看不完啊！有时吃完饭，我去厨房刷碗，她过来用胳膊肘推我说，哥你别干了，我来干，你看书去吧。还有一次，小沈对关丽说，姐你真有眼力，我以后要找男朋友，也想找大哥这样的。关丽看了我一眼，笑了笑——我看出来了，很勉强。

关丽说，东东出生的那一刻，在医生手里还扭头看了我一眼，这孩子真人性。我还记得当护士把东东从育婴室抱给我的时候，我看到的是一个额头和脸蛋都很饱满、脸上红扑扑的婴儿，我伸出两手比画了半天也不敢接，不知道正确的姿势应该是哪样，护士和关丽都笑。我觉得这孩子和我想象中的不一样，护士是不是抱错了？

自从东东回家，父亲自觉担负了洗尿布的任务，白天我常常看到他在阳台上晾洗干净的尿布，然后他点起一支烟，看着那些滴着水的万国旗乐。母亲说生了东东你爸乐坏了，我觉得母亲也很高兴，按照东北人的讲究，我生了大孙子给他们争了面子。东东这个名字就是爷爷给起的，他说你再想个什么大名吧，我们决定小名就叫东东啦。为什么叫东东？我问。父亲说，响亮，另外他出生的医院不是在东边吗？

关丽的奶水不够，只好喂牛奶。喂奶时我们全家围着东东，喂半瓶奶，把孩子小心翼翼地抱在肩膀上拍一拍，如果打出一个嗝来，全家人都吐出一口气；有时候东东一下把奶全吐出来，全家人赶紧一通忙乎，表面收拾已毕，可那股带着酸气的奶味在屋里半天都散不尽。夜里我要起来一次，关丽给东东把尿，我到厨房去煮奶，煮完了，还要用两个碗来回倒腾，把奶晾凉，觉得温度合适了再灌进奶瓶喂。我一会屋里一会屋外，走起来摇摇晃晃。你像在梦游，哈哈，关丽白天对我说。

小沈好像有什么神秘的行动。她有时候抱着东东出去玩，半天也不回家。关丽越来越不放心：会不会把我的孩子拐跑？我说，不会吧？小沈一出门，关丽就跟出去查看。费了一番力气，关丽气哼哼地告诉我：这小丫头在谈恋爱！原来她看中了最近在小区弹棉花的一个小青年。上午，我正在看书，关丽跑进屋来，不由分说，拉着我跑到弹棉花作坊。从帐篷门口看去，篷内棉絮飞舞，一个青年身挎大木弓，手持木捶，有力地敲击，发出一声声的弦响。小沈抱着东东，站在门口附近，她没有发现从身后走来的关丽。关丽把小沈拽了一把，嚷着什么，但完全被弓弦声遮盖了。关丽扯着小沈往家走，提高嗓门说，你到这里干吗？东东要喝水怎么办？小沈说我带着水瓶呢。关丽更火了，她说孩子总要玩一玩、跑一跑，你抱着他老站在屋里，那里面空气中都是毛毛，也晒不着太阳，你想干吗？小沈说，姐，我没干吗。关丽说，你还嘴硬，你要谈恋爱，回家谈去，没见过你这样看孩子的。我说，把东东给我吧，小沈你帮助做饭去。我从小沈怀里抱过东东。小沈鼓着嘴，脚蹭着地回家。

关丽慢走几步，凑近我低声说，跟你说这丫头不能要了，心思根本就不在带孩子上，老想着找对象，心眼太坏了。我说你要是不满意，我们再找一个。趁小沈做饭的时候，关丽对老人又说起小阿姨，说她老想着找对象，每天在镜子前捯饬，像狐狸精。母亲一脸惊讶：你怎么这么说人家？小姑娘嘛，都爱美，哪儿做得不好，你可以告诉她，她心眼并不坏，我看这孩子还挺老实的，经常主动帮着做饭、洗尿介子。关丽说，我再发现她到弹棉花那，我立刻就辞了她。

从东东出生前一个月，关丽的乳房就隐隐胀痛。母亲说，正常，快来奶了嘛。东东顺利生产，从医院开始，关丽的奶就很少，大概东东吃两口觉得不够，就哇哇哭，关丽急得喊快喂牛奶。我煮好牛奶，试了温度，送到东东嘴边，东东一边大口啄着奶嘴，一边眯着眼睛看我。母亲说关丽你还要坚持喂，孩子哭会刺激乳房，有利于下奶，以后才能越来越通畅。我每天跑去买鱼，父亲熬鱼汤，母亲请一位女邻居每天来给关丽按摩乳房周围，用热毛巾敷，从腋窝到乳头顺向疏理。没人时请老公帮忙吸一下，女邻居笑道。松涛你摸摸，明显有肿块，关丽拉我的手，我试着摸索，不止一块，好像比黄豆大。去医院看，大夫说，增生，不很严重。我们问：会变化吗？大夫说可能转变为纤维瘤或其他的瘤，现在是哺乳期，先不吃药，每天按摩按摩，就是疼也要坚持，揉通出了奶，就不会这样了，定期检查就可以。大夫又问例假，关丽平时例假量少色淡，大夫建议稍后用中医调理，喝点红糖姜水。你要少生气，大夫嘱咐关丽，平时要保持心情愉悦，避免生闷气。“心情好的了吗？这么多乱七八糟的事！”关丽走出医院时沉重地叹口气。

上午，我和关丽说好，先去西直门附近取一份资料，然后回家。办完事，我回到家，小沈告诉我，姐出去了，早晨东东喝完奶又吐了一次，全家又擦地又换衣服，刚才又给东东喝了奶，还好。一手抱着东东的小沈，另一手递给我那个粉色的横格本儿，大哥你帮我再看看我的作文，有没有提高。我打开本正要看，门被推开了，关丽不知什么时候到的，她把横格本儿抢去“啪”的一声扔到地上：少来这一套！勾引人家的丈夫，别忘了自己是什么身份！东东咧开嘴啊啊地哭。我喊：关丽你这是干什么？伸手抱孩子。小沈咕咚坐在地上大哭：没法干啦！她嚷着要回家。关丽说，这是你自己说的，你马上收拾东西，走人，别在这儿丢人现眼。母亲听到哭声，从里屋赶过来，问了情况，说小沈你以后要集中精力看孩子，你要写作文就回家写，关丽你别多想，你身体不好，要注意休息，东东有我们带，你放心，小沈不是你说的那样，没什么恶意。关丽问，那就是我有恶意了？母亲说，你怎么这么对老人说话？我们给你们带孩子，让你们好好工作，亏着你们了吗？关丽说，给谁带孩子？东东不是你们老夏家的吗？他又不姓关。我赶紧劝：都少说两句。母亲说，你这是什么话？你们结婚是你们自愿，生孩子也是你们自愿，谁管你们的事！关丽提高了嗓门：我嫁给夏松涛，要房子没有，家具是新旧凑合在一起的，婚礼连一只活鸡都没吃上，太便宜夏松涛了！母亲腔调也硬起来：要过就过，我们家就是这个条件！松涛好歹是大学生，你是个什么？关丽脸色煞白嚷：你说什么东西？你是什么东西！母亲不顾我和小沈的拉扯，气呼呼地上前，指着关丽鼻子：你再说一遍，你再说一遍？没大没小，你滚出去，滚，滚！

门哗啦一声被推开了，关丽带着两个工人模样的人走进来，后面跟着她的弟弟。我迎过去，关丽看都不看我，带着工人走进厨房。就是这个冰箱，她气呼呼地说：你们把里面东西拿出来，抬走！家里只有我和小沈带着东东。关丽你冷静一下，我说，好好想想，你这么做，不是矛盾更激化？以后日子怎么过呢？关丽不理我，她呵斥工人：你们怎么不动手？看，这个盆儿，把东西都放这里面！怕什么，有我呢！小舅子还是以往那样腼腆，他捅了我一下，说你看这事儿闹的，我们劝她半天劝不住。工人稀里哗啦地把冷冻箱的鱼、肉和冷藏的菜、牛奶、啤酒、饮料都放到盆里，堆了一堆，剩下的就放在案板上。这样牛奶不就坏了吗？孩子你也不管了吗？我问。关丽说，这个冰箱是用我的票买的，老太太这么对我，我凭什么给她？她把电源线从插座上拽出来，冲着工人喊了声：抬走！母亲下班回来，看见厨房里鱼、肉、奶都堆在盆里，气得大声喊叫，让我抱着孩子跟她一起到关家讨个说法，被刚进门的父亲拦住，母亲一个劲骂我窝囊废。我心惊胆战地过了一星期，不敢直视母亲的眼睛。一天傍晚，关丽忽然来了。她一进门，就让小沈收拾东东的东西。我问她要干什么，她说我要把东东带走：他在你们这儿都给带坏了，一定的。父亲过来对关丽说，你们两个有矛盾，要好好和解，日子还要过嘛，都要讲道理。关丽歪在沙发里，她手捂着胸口。母亲过来说，关丽你就是听不进反面意见，你让别人把话说完。关丽头歪到一边说，你别跟我说，我不愿意跟你说话。我劝母亲说，关丽身体不好，算了，别和她吵了，我来劝。母亲把我扒拉到一边：她有病？我还有病呢！关丽说，你有什么资格给我们单位打电话？房子问题应该由男方解决，我们单位是四个为主，男方工龄长的为主，男方级别高的为主，还有什么为主。她音调越说越高，脸在发抖。母亲说，你把冰箱拿走，让我们怎么带孩子？牛奶坏了，还吃臭肉！关丽说，你们自己搞不到冰箱票你赖谁？结婚的时候你一分钱没给，夏松涛捡了大便宜了！母亲说，我们还给你带孩子呢，谁想伺候你们？我说，什么也别说了，关丽你平心静气地想想，你这个情况怎么带东东？关丽说，我好着呢，我是他妈，东东跟着我比跟谁都好。母亲突然说，你好什么？没大没小，瞧你那德行！关丽尖叫：你什么德行？瞧你们一家那德行！母亲指着门口：你给我滚出去！关丽到小沈怀里来抱东东，母亲急了，上前挡，推搡中母亲的胳膊挥到了关丽的前额，关丽回手用包打在母亲头上，东东吓得哭起来。我和父亲急忙上前挡在中间，我先把东东抱过来，母亲满脸涨红地嚷：她敢打我？说罢抓起门后的扫帚高高举着堵住房门：我看今天谁敢抢我孙子？！关丽跑到院子里喊：骗子！土匪！母亲在走廊喊：疯子，混蛋玩意儿！父亲把声嘶力竭的母亲往屋里拉，转身对我说你快追关丽去吧，家里这边有我和小沈照看，你快去，别让她乱喊。

我追上关丽，见她坐在马路边一个水泥墩上，抽抽泣泣，反复重复一句话：她打我！她指着嘴唇：看，打破了，又指着左臂：都肿了，长这么大，我爸妈都没动过我一手指头。我劝她先回大杂院，她坚持要去派出所报案，正说着，看到同楼的一位中年妇女，关丽马上哭诉挨打的事儿，并掰开嘴唇让对方看伤口，那女人一个劲儿给我使眼色，意思是让我劝关丽不去派出所。女人轻轻拍着关丽的手说，你们都平静一下，这是家庭琐事，谁家没有铲子碰锅沿的事呢？老太太那边，我再去劝劝她，你看，你们是不是先到医院看看伤，上点药？女人走后，我和关丽站在路边说了好长一阵，直到口干舌燥，关丽连抹泪再擤鼻涕，气息略微平定些了，我陪她去了医院。医生处理了伤口，关丽要求医生写清外伤的情况，说要作为证据，可能起诉用。她还说头痛，经检查没有什么问题。关丽要求医生开了一周假。她坚持要回自己父母家，我也没有更好的方法，只得一同前往。岳父问了情况，沉着脸没说什么，岳母尖着嗓音说，她给你们家生了大孙子，怎么老太太还打儿媳妇，欠你们的？我嘟着嘴，一个劲儿道歉，岳母说要来家问个明白，给岳父挡住。他说，这种情况下关丽先不回去了，休养一阵，你先回去吧。我和关丽的小弟转回来，父亲从里屋出来，小舅子转达了他父母的意见，并说那个冰箱关丽暂时不让拿回，她在气头上，我们马上帮你们找一张冰箱票。父亲说了不少道歉的话，让他转告他父母，孩子我们这边会带好，请放心，让关丽静心休养，松涛可以两边跑。

关丽同意了一个折中的方案，去母亲的工厂反映情况。我们到厂区门口，我进传达室说找厂长，接待的人说你想找厂长就找厂长啊，你有什么事儿？我说有点事儿，我母亲就是这个厂的。那人说这样吧，我让厂办主任出来接待你。过一会儿，一个穿西服的男人出来，我有点面熟，好像过节他陪厂长来过我家拜年。他冲我点点头，又看看关丽脸色涨红的样子，说了一声进来谈，让我在传达室办好手续。进厂，找了一个小会议室，我吭吭哧哧把昨天的情况说了一遍，关丽不满地中间插了几次话。主任沉思一阵，冲着我说：各家庭的事我们不好多说什么，是吧，但是作为老同志，怎么也不应该动手，这样吧，我请工会和居委会的人跟你母亲谈一谈，双方都消消气儿，再沟通一下，还是家庭和睦最重要，安定团结嘛。关丽说应该罚她的款，你看把我的嘴打的。

晚饭桌上，母亲没有出现。父亲几次进里屋都只身而回。小沈说，我喂东东，你们先吃。我和父亲、妹妹默默地吃完饭，我回自己房间看书。触目惊心的事情一件件混乱地浮现在眼前。电话响了，妹妹语气急迫地说，哥你赶紧上来。从听筒里能清楚听到吵嚷声。我跑到楼上，小沈抱着东东，紧张地指指里屋门，哭喊声正是从父母房间传来的。我贴过去听，妹妹从房间出来，回手又把门带上了。我问：他们又吵架了吗？她告诉我，晚饭后，居委会和母亲厂工会的人来了，询问家里争吵的经过，问老妈是否打了媳妇？老妈听说是你带着关丽去告的状，当时就想喊你来对质，老爸没让，人家走了以后老妈就开始哭，说这个家没人心疼她，都是吃干粮不管事儿的，自己一身病，死了算了，老妈把桌上的杯子一下打到地上，摔得满地碎碴子，她现在躺到地上，谁拉也不起来。妹妹说，我进去也劝了，老爸让我先出去，他在劝。妹妹转身认真听里头的动静。从进屋，我一直隐隐听见里屋母亲在哭、父亲在劝的声音。突然间母亲声音高亢起来：她算什么东西？做媳妇做母亲哪样够格？噢，她不高兴就把冰箱拉走，让我们一家大小吃臭肉！牛奶也坏了，怎么喂孩子？伺候他们还伺候出孽来啦？父亲说，啥也别说了，咱们做老人的再怎么着也不应该跟小辈动手啊。母亲喊，她先动手的！她就是这么对待老人的吗？她还喊骗子、土匪，谁是骗子？她哪像一家子的人啊？松涛呢，把他叫来：我要当面问问他，大学都白念了，良心让狗吃啦？母亲呜呜地哭起来：我这心里堵得慌啊，我辛辛苦苦地给他们带孩子，家里乱得像猪窝，还到厂里告我，到头来就换来这个结果？我的委屈向谁说啊！

东东一直大睁着眼睛，一声不吭，看着发生的一切，我怕他被吓着，就过去胡噜胡噜他的小脑袋，让小沈给他洗洗去睡觉。然后请妹妹进屋，劝母亲去医院看伤。过了一会儿，母亲出来了，脚步趔趄，我过去搀扶，她把我的手甩到一边：我不用你，我能走，别想把我吓倒，我谁都不怕。那天晚上，从医院回来已是凌晨两点多，母亲一路粗重地喘息，不说一句话。坐在出租车里，借着窗外时明时暗的路灯，我几次回头偷偷看母亲，她头发凌乱，神情疲惫，眼睛半眯着，脸上的皱纹现出很深的阴影，我第一次感觉到，她是一个不折不扣的老人了。

孙大姐看着我，深深吸口气又唉了一声：家家有本难念的经。卧铺车厢开始关灯了，只有地灯和车厢两头的夜灯亮着。她挽起袖子，收拾好桌面的橘子皮和瓜子皮，拿起我俩的茶杯，出去倒掉剩茶叶，回来坐下，又轻轻叹口气：听你说了这一路，也真够你受的，你说你看着文质彬彬的，家里这么一团乱麻，后方不稳定，前方怎么打仗？好好一个家庭弄成这样！以前咱们没有交流过，不太了解，我在报社听到关于你的风言风语，说你在外面有一个军人，你们俩相好，你老婆才找到报社来闹，还有说你和报社的谁谁谁有关系，当时我就劝他们没事别传瞎话，你们有证据吗？我在黑暗中压低声音笑：什么军人，净胡编。孙大姐问，那你准备怎么办呢？我觉得你老婆就是太在意你，在意也不能把你当成宝贝罐成天搂在怀里啊，你也不是个物件儿！再一个就是你们和父母住一起就爱有矛盾，你爱人来报社时我远远瞄过一眼，也不像多厉害呀，你还是和她好好谈谈吧，能和好就和好，你们有孩子呢！一位乘务员走过来检查，清理闲杂人员。孙大姐说，就说到这儿吧，好好休息，到北京还得忙活治病的事儿呢。

日子过得混乱。搬回我父母家居住已经一年多，小东东已经摇摇晃晃满地跑了。一年来，我每个月都要回到大杂院去看那个小窝，到了雨季我就跑得更勤。我不知道当我一打开门，会看到什么让我意外和震惊的场面。现在我对雨十分反感。雨，比浓雾更让人阴郁，使人心灵的天空变得黏滞和晦暗，它就像慢性毒药，使一个开朗的人变得越来越衰弱，直至死亡。我偶尔坐在小窝的屋顶上，会自嘲似的想到自古雄才多磨难、天将降大任于斯人之类的格言，也许小窝是上天对我的考验？或许是我一生必须经历的劫难？一到大杂院，特别是一爬上屋顶，我满脑子都是我顶着雨、赤着脚在雨中奔忙的形象：跑房管所、在屋顶查看排水沟、为水泥块砸漏屋顶的事与施工单位交涉、自己架着烧锅熬沥青……我在夜里望着灯火闪烁的高高低低的城市楼群，有时想到汉语中的“家”字，觉得它凝聚了先人的生活感受和憧憬——宝盖头，代表着一个晴雨两用的结结实实建筑；下面的“豖”字，代表屋里有妻有子，还饲养了家畜家禽，和和美美，此乐何及？雨和家，真的水乳交融、密不可分。每当我走进住宅小区或写字楼敞亮的房间，我由衷地羡慕住在里面的人，他们可以全神贯注地投入自己该干的事，而不必为屋子漏雨忧心忡忡。

婆媳冲突以后，关丽回了娘家，我过去看她，建议她回大杂院住，她一口回绝：什么呀，是人住的吗？到处漏雨，连狗窝都不如！其实不回大杂院还有个原因，她当时没有说，也许她没想起来。有一回，大概她那会儿怀孕五六个月，正在小窝里擦地板革，院里的傻姑娘又来了，而且进了门，无声无息，站在弯腰忙活的关丽背后，关丽转身的瞬间猛然感觉身边有人，发出了一声长长的尖叫，这一叫在白天还算安宁的院里毫无阻挡地弥漫，直到一周后，邻居们才对尖叫失去兴趣，停止议论。我以为是拉警报呢，邻居大妈告诉回家的我说。我提心吊胆地问关丽的身体感觉，又带她去医院检查了，还格外认真地凑近痰盂看关丽的尿液有否红色。傻姑娘事件之后，我请人在门口装了一个纱门，门上有插销，我嘱咐关丽：自己在家如果想开门透气，就关上纱门插好。

关丽也不回我的宿舍。有时候她命令我把东东带来，还说：不许让那个小妖精来！我知道她指的是小沈。每次我抱东东过去，她都嫌孩子瘦了：脸这么白，没一点儿血色，缺营养啊！她掉着眼泪说。没过多久，小舅子果然送来了冰箱票，我猜想也许和关丽抱怨孩子瘦有关。我赶紧去买了一台冰箱，日子表面恢复到正常的轨道上，母亲每次打开冰箱时脸上都挂着笑意。

小窝也给我带来新颖的感觉。我有时回到小窝，开窗透气，检查完屋顶，将屋内的家具、地面擦拭一新，挑两本书放进包里，然后去小饭馆喝瓶啤酒，要一盘宫保鸡丁配米饭，吃完回来，关好门，这里没有争吵，没有冰箱臭肉，没有小妖精，我可以安安心心、踏踏实实地在干干净净的床上睡个午觉，管它是不是狗窝。

五月的天气，夜里不似盛夏时憋闷，依然流动着些许凉意。越是清静闲在，那种孤寂感就越是张狂。临睡之前，他先是套上最少的衣服有意无意地在宿舍走廊上遛一圈，然后回屋躺到床上，这会儿遮挡他房间和走廊的只有一个白布帘，从枕头上他可以清楚看到去盥洗室洗漱的人们的腿脚。他想象那些细白的小腿和同样细白的脚趾是怎样拖着粉色、红色的拖鞋，在盥洗之后回到各自的房间，回到“家”——那个晴雨两用的、结结实实的建筑内，回到等候已久的、厚实而熟悉的怀抱，完成天下最普通、最自然、最合理的能量交换，然后一代一代这样延续下去。他每次看着，想着，直到意识模糊，常常睡到半夜才懒懒地起来关门。

关丽像是变了一个人。每次她来看东东，都给东东买一些食品和玩具，然后瞪着小沈：这是专门给东东买的，别人不能动，你听清楚了没有？好像除了这句话，她不想再说别的。我和她带东东出去玩，她从不主动和我说话，即使回答什么，表情也十分冷漠，更谈不上挎我的胳膊了。有时候她会突然说一句：这回你可方便了。我莫名其妙，问怎么方便？她没有回答，过一会笑：我是没有文化，不会写什么散文，不是大学生，胸脯也小，看不上我你当初干什么去了？我猜她指的是小沈和女实习生。有一天我回小窝，邻居大妈过来聊天，说你爱人回来过一次，拐弯抹角地问，看见有谁来过你们家？邻居大妈呵呵地乐，她有点不放心你啊！关丽所说的方便，看来不止我的宿舍，还包括在小窝里，她想象中的我的种种不轨行为。大杂院的那两间房子，狭小，还漏雨，但它曾经给我们带来那么多甜蜜。关丽怎么会把我看成这么龌龊、这么随便的一个人？

心中郁闷，总想找个地方发泄，见东东刚换上新衣服就躺在地上玩耍，便拎起来呵斥，并且举起手吓唬一下，过后又觉得没道理，明明是自己的问题，却要拿孩子出气。晚饭后去走那五千四百二十步，完成了任务，仍然觉得脑袋晕眩，索性又走了一个来回，一万零八百四十步，也没感觉神志清醒了多少。

生活之路上，我始终在寻找正确的成长方向，每走一段都要回过头来问一遍：我走得对吗？焦立军说过，你甭管它，你就只管往前走！我做不到。一半原因是源于我的婚姻，它证明了我过去曾执着的一个观念的破灭，即既要让妻子帮助我，我也塑造妻子。我努力总结婚姻失败的教训，更重要的是决定今后路该如何走。撕名片那个事以后，我不再请任何朋友来家里，对关丽讲事情时小心翼翼，绝不敢提到任何女士的名字，甚至同事、朋友聚会，我也尽可能谢绝参加。我的一个大学女同学和单位领导闹意见辞了职，我帮助她介绍了新工作，她一定要请我吃饭，她在电话里谈笑风生，我这边心惊肉跳，连连婉拒，同时左顾右盼，仿佛关丽就在身边，随时抢过电话辱骂。我以为忠贞便是顺从，幸福就是压抑自己的真实感受。我在生活的路上走了一段才悲哀地发现，我如同沧海孤舟，心底深处的船桨早已开裂腐朽，不敢也不会伸出去划动，风雨飘摇的家庭更像什么厚实的外壳，扣压住我情感的触须，这触须只要探露在外，就会被刻毒的尖刺戳烂。

年底，关丽的单位给她分了一套房，在菊园附近。她给我打电话，让我过去帮助收拾。最后说了一句：先不带东东。

你怀疑我乱搞，是你不了解我们这一代人。在新房里我对关丽说，虽然我比你只大六岁，但还是有些差别的。我们从小在学校受的都是革命传统教育，中学毕业，我又去了工厂当工人，父母、师傅、长辈对我们的告诫都是：认认真真做事，本本分分做人。我从小立志远大，想学好本领做一番大事业。至于恋爱结婚生孩子，这是人生的必由之路。我之所以没在大学里找自己的同学，我跟你谈过，我就是想找一个体贴的生活伴侣，不是那种好高骛远的工作狂式的女性，我想一个偏重事业，一个偏重家庭，一个主外，一个主内，互为补充，相得益彰，可能会是一个很好的家庭。现在有了东东，我作为一个父亲，我清楚自己的责任。现在在报社，竞争激烈，我争取一切机会，认真采访，认真写稿，努力做一个优秀的记者。你作为一个妻子，应该理解我，帮助我。当然，我能帮助你的地方，我绝不推辞。

她不吭声。我已口唇发干，但我来不及喝水，我想抓紧关丽不吭声的机会，多表白一下自己。

对第三者问题，咱们换一个角度想想：就算我在外面想追求谁，人家图我什么呢？我一个小记者，挣不了几个钱，既没有别墅，也没有轿车，出手寒酸，买不起项链、宝石、名牌衣服和包，有哪个时尚女士不图这些？她在我这儿能得到吗？你也说说，究竟什么原因让你对我有这样的看法——在你心中我是一个浪荡公子的形象，到处风流？我挺伤心的。再说得明白一些，我觉得在外面乱搞的人，一个是爱人性冷淡，再就是想找什么刺激，在家里不满足。这些情况我们都没有！我们俩都很正常，我觉得我们俩在做爱方面挺默契的，非常和谐，我没有什么不满足的，我用不着到外面去找！关丽一直不说话，等我说完，她说了声你说得挺好的，就站起身走开了。

关了灯，她面朝着墙，我面朝上躺着，黑暗里谁也没说话。我刚刚说了一火车的话，她似乎有点感悟。我想，眼前这个女人，她在生活中的变化，都是她阅历上的不成熟和我在事业上的急躁促成的。今后我只要加倍地关爱她，顺从她，包容她，一切就会恢复到我们初识的时候。是啊，那个时候我们初尝禁果，融化了彼此，没完没了。想到这儿我心里涌起一股热流。亲爱的！我伸手搂她，她突然翻过身，仿佛期待已久，趴在我怀里呜呜地哭起来。夜的里程无人能细密而详尽地描述，因为经历者的意识本就不清醒，他可能闭上眼，听觉完全被耳鼓中的咚咚声遮蔽。我想说，人一生经历的事情太多，记忆深刻的却是可数的几件。但可数的事件里，你当时也许被情绪的直接反应所影响，比如羞辱、逞强、目空一切，你年纪轻、心气足，你的知识、逻辑分析以至哲理当时都派不上用场，也可能你当时尚不具备。你想象自己变成了远古大漠上的悍将，从山顶俯冲进入焦煳呛人的硝烟，头盔下的一切都笼罩在挥之不去的红光中，兴奋和满足感充溢到全身的每一处。你也可能来到岸芷汀兰的沙滩，一群小伙伴把你一点点堆进沙丘，那个胖乎乎的小姑娘用胖乎乎的小手把温热的沙子变成一条极细的线在你肚皮上慢慢撒，慢慢撒，一遍又一遍，像一只只蚂蚁从你皮肤上轻风一般掠过，掠过，烟淡花软。

听到几个孩子在楼下催促上学的声音，我把被子拉起来盖住耳朵，又睡了一会儿，也许睡了两个小时。再睁开眼睛，满屋明亮，新粉刷的墙壁白得让人不适应。关丽已经上班去了，只有轻微的腰酸和晕眩陪伴着我。楼下院子传来笑声，笑得有点怪异，模糊带出戏谑。关丽的粉色短袖蔓秋睡衣挂在床栏上。意识依然有些模糊，好像是《包法利夫人》中的场景，船形大床、红绸帐子和紫红色的枕头。那时爱玛前去与情人约会，在路上的焦急不安，与莱昂见面后的热烈拥抱，闪闪发亮的壁炉圆铜装饰，有着雪白肌肤的爱玛，足趾上挂着小巧玲珑的拖鞋，坐在莱昂腿上哼唱。约会之后爱玛碰见一个流浪汉，长着两个血红的眼眶，脸上有绿色的脓疮，他跟在爱玛身后，嘴里哼着小调：

朗朗晴天哟暖洋洋，
小妞相思心痒痒……

以前每想起爱玛的遭遇，我都深深替她惋惜。过了很长时间，我才从作者的角度考虑爱玛“偷情”一节的设计，福楼拜和曹雪芹的构思是否一脉相通？《红楼梦》用癞头和尚唱《好了歌》：当年你脂正浓，粉正香，红灯帐底卧鸳鸯，到头来不都是两手空空、黄土一抔？有些迷乱，有些空茫，总之感觉有些不着边际。

要是喜欢你的人，也是个读书做学问的人呢？过了几天，我俩坐在颐和园畅观堂的长廊上，关丽突然问我。我一下不知如何回答，就说你怎么想到这个问题？关丽说那天你回家来咱们谈话，你说了一箩筐，确实如果是时髦女郎肯定不会看上你这样的书呆子，也就是我傻，但如果对方也是个喜欢泡图书馆的，人家倒追你怎么办？我警觉起来，我知道这个问题要格外小心回答。慢，我心里说，回答要慢，斟字酌句。我看着昆明湖，我想让我的表达像湖水一样清亮透彻。我是一个记者，我说，其实我也不想做什么学问，我只想写出这个社会的真实现实，揭出一些问题，来促进社会发展。我了解，真正钻研学问，那是一辈子的苦差事。有一个学者叫钱锺书，就是写《围城》的那个，他说过，搞学问就是三两个好朋友，在荒郊野外两间茅屋里专心做的事情。我的境界还没那么高，对搞学问的人，我是从心里敬佩。对于他们来说，我还属于风风火火在外头跑，是停不下来的人，和他们不是一路，所以不可能出现你说的情况。关丽问我，希望老婆是什么样的人。我觉得更严重的问题来了。我说，我在大学是社团的负责人，我想找一个大学生并不是多难的事，但我想找一个能够对家庭更关心的人，这样一个主外、一个主内，我想像这样的夫妻，是互补型的，他们的关系才能更紧密。关丽看着远处迷蒙的湖面，喃喃地说，我觉得不管什么类型的夫妻，从丈夫对妻子是不是真心，就能看出这个人的道德，不论他有没有什么学问。

颐和园的谈话就到此为止，但湖边这次谈话的结论却引出了另一次的谈话。地点我忘记了，对话内容大致还记得。关丽说，上次你跟我说男主外，女主内，可是咱们家的实际情况明摆着，我的收入现在比你高，你到底是主内还是主外？我憋了半天，我说你能干，收入高，对咱们家来说那是多好的事儿啊，我也不是混饭吃，我会更努力地工作，多写点东西，争取一些机会，挣一点钱。

关丽看了我半天，说你的收入应该不止这些，我跟别人聊过，你们记者有好多灰色收入，有时候人家就用钱买你们的稿。我说，有这种情况，但不是每一个记者都像你说的那样，我不挣昧良心的钱，夜里我睡得着觉。关丽把脸转向旁边，从嘴里发出极轻微的嗤音。我不知道该如何解读这个声音。关丽的想象比我丰富，比我复杂，我无法想象她的想象。

晚饭后，关丽照例陪我散步。我从分居时养成了习惯，每天走五千四百二十步，天天如此。到菊园以后，关丽劝我没必要给自己定什么硬性指标，也不一定要每天都走路，散步应该随心所欲。我说你要是身体不舒服，不用陪我，我自己走，没关系。她面无表情，那你自己走吧，我就在这等你。我很快完成规定步数回来，我俩回到家。我出了汗，想好好洗个澡、去去乏，正往屋里走，关丽在后面突然拉住我，她压低声音说，我好像听见什么声音。我吃了一惊，侧耳细听了一会，什么声音都没有。关丽蹑手蹑脚地摸黑走进屋，四下查看，我也有点儿紧张，压低声问，怎么样？关丽蹲下侧脸去看地面，又踮着脚尖走到床边看床单，还俯下身去在好几个地方嗅了嗅。她静了一会儿，眼睛向斜上方盯着，像是在思考，然后对我说开灯吧。生活中你是一个粗心的人，关丽总是这么说。所以这会我不吭声，只看她的举动，等着她的结论。有人来过，她镇静地说，地面上有脚印，床单也碰过，走的时候我特意布置了一个地方，现在变了，肯定有人动过。关丽说进屋的时候分明听到什么软件启动的声音。我怀疑有人在咱家安了窃听器，她十分肯定。什么？窃听器？你以为这是间谍片呢，我笑，舒了一口气。她认真地看着我的脸：以后咱们在家里不要议论单位的事情，我们单位的事情很复杂，还有不少是保密内容，我告诉你了，你听清楚没有？我说，一方面，我不是你们单位的人，对你们单位的事儿不了解；另一方面你也不是单位的总工，咱俩的对话怎么能泄密呢？谁吃饱了撑的要给你安窃听器呢，没有必要。她不耐烦起来：我说让你注意你就注意。我想缓和一下气氛，搂着她的肩说，那以后我们在床上是不是也不能出声？她一脸严肃：你这人，跟你说正经事儿呢，你想哪去了？

我甩掉衣服，到卫生间去洗澡。在花洒喷出的水雾里，我缓缓搓着头发，一边回想她蹑手蹑脚走近床单以及蹲在地上仔细察看的样子。她的单位也许的确在进行某项重大科研项目的研究？或者单位内部的人事纠葛真的严重到这种程度，以致要在一个普通工作人员家里安装窃听器？具体情况我不太了解，但从直觉上，我觉得她有点儿神经过敏。

这像是一片古代宫殿的遗迹。我对自己说。地势由北向南慢慢隆起，地面凹凸不平，长着矮小的植物，遍布着断裂的石柱、杂草、脱落的松针、松塔和蚯蚓排泄物形成的土块儿，细弱的松树向天空延伸，冬季下午已经开始暗淡的阳光，懒散地顺着地面向远处伸去。我在松林间行走着，我需要躲开那些低洼的土坑和垂到脸前的松枝，步履十分缓慢。后背微微发冷，落叶、枯草和干燥的土块在脚下发出咔嚓咔嚓的声音。我看见一只斑鸠从头顶上惊慌地掠过，后面一只半灰半棕色的隼，游刃有余地压在它的后上方，斑鸠一旦欲向天空逃窜，隼就轻松地在它背上啄一下，斑鸠只能左右不停地改变方向，但是没隔多久隼就将它压向地面，按在一处草丛里不动了。我好像走了很长时间，然而距离目的地还有多远很难确定，因为在这片林地里没有任何参照物，我只能根据太阳的方向大致判断东南西北。

我走到一个早已废弃的木桥上，小心翼翼地盯着桥栏杆和桥面，躲开那些露出下面河水的木板。我发现就在我走到桥中间的时候，一缕阳光从树叶的缝隙中开始照到我脸上，而且神奇的是这束光线越来越强，我的面部皮肤开始升温，整个眼皮慢慢变成红色，我想躲开这光线，我把脸向左边和右边分别转动过一次，这光线好像依然顽强地存在。我眯着眼睛向四周查看，恍惚看到远处有走动的人影，但终究又归于了寂静。河水似乎汹涌地向桥下涌来，我挥了挥手咕哝道：去吧讨厌的阳光，但是手被沉重的棉被压住了，抬不起来，我的头可以动，我的头可以动！

我挣扎着猛一昂头，睁开眼睛，看见脸前有一张脸，是关丽，她正从上往下端详着我，右手举着台灯，不知照了多久。你的眼皮一直在动，她眼睛半眯着，脸上没有一丝笑意，你在想什么？你梦见谁了？我费力地从被她压住的被子里抽出手，挡住照在脸上的光线。难怪梦里我左转右转，原来不是阳光，竟是台灯光，是关丽在观察我的眼皮！我说你疯了？大半夜的不睡觉，要干吗？

她说你别打岔，我问你话呢！她把我的被子掀开了一半，我的胸腹全露出来。你睡得倒挺美，我睡不着！你起来，我们谈谈，她沉着脸说。

我问，你还有别的问题吗？她说没了。那你洗洗赶紧睡吧，现在快三点了。我重新躺到床上，身体虽然摆好准备休息的姿态，但脑子里涌现着无数问题和答案。灯关了，我翻来覆去，眼睛在黑暗中大睁着，没有一丝睡意。我怕影响关丽，就平躺着，直到浑身疼痛。过了一会儿，我隐约听到外面有人说话。我慢慢起床，关丽问我去哪儿？我说我睡不着，我想到外头活动活动、跑跑步去。关丽扭开台灯，扭脸看我，没有再说话。我套了一身运动服装，穿好旅游鞋，慢慢关上门，走下楼梯。院子里死一般静，无人走动，我不知道现在几点，就在小区的人行道上轻轻跑。出大门的时候，小区的值班保安伸头看了看我说，哥儿们够早的。我抖擞精神，沿着小区外马路边慢慢跑去，越跑越快，不知跑出去多少距离，直到感觉心中的火渐渐平息。路上车辆稀少，几乎看不见行人，我脊背已经出汗，就在马路牙子上坐下来。路灯发出的灰白色光，在马路上画出一圈一圈的光晕，数不清的楼宇黝黑的轮廓里偶尔现出一两点人家的窗光，从近处直至一片混沌。背心刚才沾湿了，现在热气散尽，又被凌晨的风吹凉。我想起大杂院，想起在父母家，虽然那时或是漏雨、生煤炉子，或是孩子出生、奶瓶尿布，但我忙完了能静下心写稿、睡觉。现在分了房子，日子安稳了，自己竟然连睡个踏实觉都不能。我的生活如此不堪，究竟是为什么？

不远处传来模糊的对话和笑声，一队清洁工骑着三轮车鱼贯而来。他们从我身边经过，有一个男的问我怎么这么早就锻炼？我问他现在几点了，他们说不到五点。我扬扬手，表示谢意。我至少跑了五公里，我想。刚才在家里关了灯，关丽也并没入睡。我起床说去外面活动的时候，关丽的眼神还是充满疑惑，只不过因为我刚才跟她讲了一堆话，她不好意思再发难。嗯，极有可能，她并不相信我去锻炼，而且更极有可能的是，我一出门，她也匆匆下楼，在不远处，在黑暗里监视我。扪心自问，我在犯坏，当我撒丫子沿着马路飞奔的时候，我故意不回头，我就向前奔跑，我内心深处的声音说，让那个蠢货着急吧，让她追吧！我的身体忠实于我，我有的是力气，更主要的是我胸中淤积的火需要发泄，你愿意跑就跟着我跑吧，直到你累垮为止！

元旦前，报社派我去黑龙江采访一家造纸厂。我在厂里住了三天，到晚上，我在灯下听了一遍录音，又整理了笔记，觉得资料还差一些，给厂宣传部的人打了电话，让他们补充，由我带走或寄到报社。剩下两天时间，当地的朋友已经给我安排了，约好去一个林场。第二天，我们一早出发，乘一辆越野车，很快出了市区一路向西跑，驶过松花江大桥，在汤原县城顿了顿，继续行驶。我注意到路上车辆开始减少，视野变得空阔，大地肃穆而坦平，偶尔几株细弱的树影、几只觅食的麻雀、几块暴露的泥土从窗外掠过，由黑和白组成的北国的原野单纯洁净到无以复加。朋友滔滔不绝，我的视线凝固在空旷的原野上，它仿佛掩埋着无数秘密的古战场，说不尽的计谋、胆略和热血被融解、粉碎在厚厚的积雪之下，寻常百姓的年龄、阅历，他们小小的辛酸和欢喜在这里无法提及，完全可以忽略不计。空旷的原野也像历代先哲们凝练而圆熟的格言，雪的白像是万古不变的真理，可以涵盖一切，那些细弱的树、觅食的麻雀等等也就像极少极少的例外。

不知从何时起，我们被山林包围了，峰峦起伏绵延，丛林莽莽苍苍，薄雾如云，远岫含烟，盘山路好像洁白的带子向山头缠绕而去。到了林场，一个头戴大皮毛帽子的中年男人微笑地站在路旁，朋友下车与他交谈片刻，中年男人伸手进来和我握，朋友请他上车坐在司机副座，介绍说这是老钱，副场长。这旮旯空气好，老钱回头笑，一口东北话。他指着一片白色山岭说，林场属于小兴安岭的南坡，树种主要是红松、云杉、冷杉、白桦、柞树，里面有豹子、狍子、熊和飞龙等动物，还有各种参、菇和药材。朋友插话：老钱原来是知青，后来落户在林场，生了娃，还把城里的父母都接来了。讲了一阵，老钱说到了。我们下车，看到高大的松树下面立了牌子，写着醒目的宣传口号："无边无际的自然氧吧""离我越近，给你越多""只点一支烟，烧掉百年林""尊崇自然、敬畏生命"。老钱说，前年林场搞了个森林公园，到夏季这旮旯可热闹了……

空气中充溢着松脂香，软软的积雪深没膝踝，灌进鞋子，头脑在澄净的寒气中却变得从未有过的清醒。我想象自己在这里筑一茅屋，常年与峰岭相对，昼夜听松涛翻涌，跟猎人烫一壶酒，在火炕上读几卷书，此生足矣。我"啊啊"了几声，听自己的声音在山林中回响。几年了，好像我从来没有这么兴奋过。我又向着一片洁白的林空地奔跑，突然我感觉脚下踏空，身体掉进一个雪坑中，只剩头部露出，我大喊，几个人跑过来把我拽出雪坑。我动了动手臂脚踝，平安无事。老钱大口吐着白气道：在这里不要乱跑，这雪你看着一马平川，因为风是沿着山坡横扫，所以雪从表面上看都是平的，实际上坑坑洼洼很难说。朋友笑：你收收缰绳吧。

直到回城的车上，我的兴奋感仍未消失，我心中像有个声音在说，你就应该这样，放松自己活着。可我做不到，我活得太累。真没想到，这次东北之行，还有林场这么一出戏，它给我的生活带来一个逗号，一张一弛，我以后应该想办法经常外出，开阔眼界。我反复回想老钱的一段话。他带我们在林中散步，走到两株云杉前他说，这两棵树，它们是同一批栽下的，但是由于前面这棵栽的位置好，获得的阳光、水分都很充足，它就拼命往上长，枝叶伸得宽展，反过来更加速自己的生长。而后面一棵因为被遮挡了阳光，水分不足，这样它就越长越慢，两棵树越来越悬殊，好像差了一代。如果不出意外，大的这棵就被当作栋梁之材，而小的就要被当作障干伐掉。什么是障干？我问。障干就是妨碍其他树生长的树，老钱笑得厚道：这也是没办法的事儿，大自然就是适者生存。你们的日常工作，是不是就是伐障干？朋友笑。差不多，老钱点点头，还有其他的。我一直在想老钱这段话。我拼命读书，努力工作，心中的梦想就是成为栋梁之材，即使达不到，但取乎其上，得乎其中，我努力了，就不会落在最后。我希望像正常人一样生活，我在生活里不想做障干，也不需要障干。

忽然接到一位老同学的电话，通知参加中学同学聚会。放下电话，我脑海里开始回忆早已淡漠的影像，毕竟中学毕业快二十年了，大家从未聚过会。我答应参加。

“你算原配还是二婚？”胸前戴着组委会小红花的同学拦住我问。我有点蒙圈。他咧开嘴乐：“你没听过那个段子吗？同学聚会，毕业五年后，婚过的一桌，未婚的一桌。十年后，有孩子的一桌，没孩子的一桌。十五年后，原配的一桌，二婚的一桌。大家都是过来人了，说吧，好给你分桌，这有啥不好意思的？”

“现在还是原配。”下次聚会估计就该坐另一桌了吧，我想。

“嗬，坚持革命传统主义啊！您请这边。”

“刚才你说的段子挺有意思。”

“后面还有呢：三十五年后，退休的一桌，没退休的一桌。四十五年后，自己能来的一桌，扶着来的一桌。五十五年后，已经凑不到一桌……”

“下次聚会是不是得扶着来了？”

“别扶不起来就行，哈哈！您请。”

杯觥交错间，女同学燕晓春走过来。“我不喝酒，这是果汁，咱们干一个？”她的脸微微发胖，以少许卷曲的长发挡住侧面脸颊。我急忙起身向她敬酒。她抿了一口，看着我：我可知道你不少事，你爱人是不是叫关丽？她的笑带着几分神秘。咦，你怎么知道？我十分惊讶。我们俩在一个单位。聚会结束吧，我得跟你好好说说。

同学们闹了好一阵，主持人恰到好处地在席间穿插了几个节目，结束时大家意犹未尽。我和燕晓春送走了同学，换到这家饭店的咖啡座，要了一壶茶，她开始叙述。

我从技校毕业，单位开始让我去采购部。干了差不多一年，我发现一个秘密。我们单位干部处处长，他的儿子跟我一个办公室，干部处处长委托了采购部主任，想把我俩往一块撮合。他那儿子油嘴滑舌，长得不怎么样，工作业绩也不好，我压根儿就没看上。可是到底在一个部门工作，采购部主任老安排我俩一块出差，哼，成心的！我想这样下去也不是个事，我就自己找路子调到了生产管理部，采购部和生产管理部的职责有很多交叉嘛，干部处处长想作梗，最后也没拦住。在采购部，就我和你老婆，当时还没结婚，关系最好。那时候你老婆估计还不认识你呢！我调到生产管理部之后，我们俩见面还聊起来没完，特亲密。她结婚了，我只知道是和一个记者，没想到是你！她也没详细介绍。后来听说她的婚姻出了状况，单位里风言风语的，说什么的都有。有些人就爱嚼舌头根子，闲的！我俩好一阵也没有走动了。上个月，我在小卖部见到她，正好我爱人去党校培训，我就把她拉到我家吃了顿便饭，聊了好久，她哭了好几回。

落地窗外的日光明晃晃的，咖啡座客人不多，大厅内的琴师轻柔地弹奏克莱德曼。我告诉燕晓春，我已经起诉离婚。“这我不知道，关丽没说，”燕晓春有几分意外，“但我想告诉你一些你不知道的。”

从春节以后，关丽就感觉夏松涛的行迹越来越可疑。今天下班，夏松涛又晚回来了，他说我马上做饭，就跑到厨房里。趁这个机会，关丽蹑手蹑脚地来到书房打开夏松涛的挎包。挎包里还是那样乱糟糟的，除了他的采访本、录音机、证件，还有一些写满潦草字迹的纸张，没有什么变化。就在关丽几乎失望的一刻，她在挎包内的拉锁里，发现了一把钥匙。这在以前没有过。它看上去比较新。这是一把房门的钥匙，关丽十分肯定。它会是谁家的呢？关丽赶紧拿出自己的家门钥匙进行比对，上面的凹槽完全不一样，而且这好像是一把防盗门上的钥匙，因为它比自己家门的略长，也稍微宽一些，自己家现在还是木门上装的保险锁。厨房里传来哗哗的油锅炒菜的声音。关丽把这把钥匙攥在手里，怕被夏松涛发现，她又把钥匙放回原处。吃饭的时候，她觉得夏松涛话很多，甚至有点扬扬得意。她随口应着，在想自己的心事。夏松涛前不久聊天时，说他的同学佟英华离了婚，搬到翠柳小区。她听夏松涛说过，上学的时候佟英华对他有好感，而翠柳小区离这里才不到三站地！夏松涛这个人，口严得很，但人在做，天在看，狐狸尾巴总会露出来，别以为别人都是傻子。晚饭后，关丽到卧室看着电视，但是声音不能大，夏松涛曾多次叮嘱。夏松涛在书房忙他的事情。等他睡着后，关丽犹豫了一阵，又去他的挎包里拿了钥匙，然后把挎包按原样摆好。她决心明天去试一下。

应该就是这几个楼，关丽对自己说。是哪一栋呢？关丽不敢去居委会问，那样很麻烦。她在楼下徘徊着，脚有点疼，浓荫里蝉叫着，天气越来越热，她忽然看见一位戴红箍的大妈走过来。这应该是小区巡逻的，不是居委会，至少也是对这个小区很了解的人。关丽迎过去，很热情但又显得随意地聊一会儿，然后问大妈，最近有没有新搬来的人？大妈问干吗？我想租房，了解了解，她笑。大妈脸朝天想了一下，说只有这个楼，一门五层有新搬来的人。关丽又聊了一些别的事情，谢了大妈，假装向远处走去，到墙角她探头等大妈走远了，迅速走到大妈指的那栋楼，从一门慢慢上去。楼道里没有人，打扫得很干净。在五层她看到三个房间，有两个是防盗门，其中一个稍微新一些。她确定就是这一家。关丽听了听屋里没有动静，从兜里掏出夏松涛那把钥匙，试着往钥匙孔里面捅，前半部倒是进去了，但后半部怎么也捅不进去，她又把钥匙翻个面，继续慢慢往里捅，这回钥匙几乎要全部进去了。“喂，你在干吗呢？”她吃了一惊。声音是从上面发来的，她抬头看见楼梯上有个老汉探出半个身子，瞪着眼睛向她质问。就在这时，佟英华上来了。关丽见过佟英华，佟英华见到手拿钥匙的关丽也有点意外。老汉问佟英华：你认识这个人吗？她在捅你的门。你要干吗？佟英华面带愠色。干吗？关丽气往上顶：这是你给夏松涛的钥匙，这就是证据！你们俩这些见不得人的丑事！佟英华毫不退让：胡扯什么证据？你自己看你能打开门吗？无理取闹，神经病！关丽脑袋嗡嗡的，上去撕扯佟英华的头发，两个人扭在一起。上面那老汉急忙下来，附近的邻居也打开门过来劝架。关丽感觉脸在发烧，衣服下摆开着，扣子缺了一个。不要脸！她一边嚷嚷着一边下楼。

原来是她把钥匙偷走啦！我恍然大悟。怪不得当时办公室给我配的钥匙，我还奇怪怎么第二天就不见了，我以为自己粗心大意给弄丢了呢，我又找人事部配了一把，人家也挺奇怪，说要是再丢，就得写检讨。燕晓春微微点头：当时我也劝她，应该问问你是什么钥匙。不过这还没完呢，她后来又去了你那个同学佟英华的单位，找人家领导反映问题，说人家破坏别人家庭。燕晓春停下来，招手让服务员续茶。

佟英华的样子我已经很模糊。现在想起佟英华，我总想起一张相片，她站在一个山头上，长发向身后吹着，脸上洋溢着青春的光彩。我想不起来我是否存着佟英华的这张照片。即便有，也是在我的宿舍床下装绘画的箱子里。我能肯定我们没有一起照过一张相。她请我去过她家里，我们一起看她的相册，这张照片我印象非常深。也许她当时送给了我。这是在黄山，我和朋友去的，她伸头认真看了看照片说。她颈部的头发和皮肤黑白分明，发出清新的洗发水味道，我当时有一种想把嘴唇贴上去的冲动。黄山我至今没有去过，我和她一起去的是泰山。大二时学校组织优秀团员和班干部暑假爬泰山，在工厂干过半年铁匠加木工的我，自告奋勇，从中天门开始，就为几个女生挑着背包。她们笑我是沙和尚，一直叫我沙君。那一次佟英华身体不适，我下山的时候只为她一人挑着背包，回到驻地，在车门口，她接过背包深深地看了我一眼，轻轻地说了声谢谢你沙君。然后我们就开始悄悄通信，来信的抬头总是“沙君你好”。有一次她请我去家里，她花了将近两个小时做饭，我等得有点坐立不安。我想认真做一顿饭，让你品尝我的手艺，她看着我说。但我们的关系一直到毕业，甚至一直到后来也没有进展。我总结我们都太拘谨。从深层原因说，更因为我有一个愿望，我深信自己会在事业上小有所成，我希望有一个贤内助，把更多精力用于照顾家庭，而不是拼搏事业。此后不久我就认识了关丽。她那时刚上大专。我从辅导学业开始，一直到有了东东。

我向关丽讲述过佟英华，但我记得我介绍的口气很平常，可以说一笔带过。我讲佟英华以及大学生活的用意是想告诉关丽我的过去，让她更多地了解我。我真没想到时隔多年，关丽竟然花了那么多心思，将一把钥匙和佟英华联系在一起，甚至像侦察兵似的查到她的住处，打上门去。我想象着佟英华气得脸色煞白的样子。事情过了这么长时间，她并没有打电话质问我。苦，她自己咽了。对不起。我差点说出口。

燕晓春说，关丽还去了一次你们报社。关丽去你报社有两个目的，一个是想告诉全社，夏松涛是我丈夫，我们关系很好；第二是见一下老孙，因为老孙和你共同负责一个版面，办公桌挨着，每天面对面。大约在一年前，关丽曾给老孙打过电话。她哭诉了一通后，明确告诉老孙，小夏在外面有第三者了。她请求老孙密切关注你的行动，特别是哪个女的经常来找你，或者老给你打电话、寄信。当然，如果有报社的什么情况，也希望及时告诉她。不过她认为你的相好不是报社的。老孙答应了。

去报社那天，关丽花了很长时间打扮自己，涂了眼影，为了画出与口红颜色相近的唇线，她来来回回弄了三次，直到嘴唇饱满而自然。她穿了一条牡丹拖地连衣裙，上身是一件自己钩织的白色圆肩衣。她特意去奶奶家接来东东，又叫上小阿姨，三个人打车到了报社。她从踏上报社走廊的第一秒起就感觉自己充满自信、魅力宜人，她对迎面走来的每个人都大方地笑，然后声音朗朗地说我是夏松涛的爱人，夏松涛的办公室在哪儿？关丽先找了夏松涛的部门主任，那人谢了顶，一看就是个老滑头。他看了看关丽说，找小夏？小夏出差了你不知道？你们没住在一起吧？主任的笑里带着几分讥诮：你们的婚姻到底什么情况？离了还是没离？把关丽气得够呛，嚯地从椅子上站起，对主任说，我们的婚姻没问题，我们好得很。她没好气地冲小阿姨招了下手，就出了主任室，还用力摔了一下门。关丽跟老孙谈了一阵，老孙严肃地告诉她，自从接受了她的委托，自己认真观察了夏松涛一年多，没有发现任何蛛丝马迹，觉得小夏还是一个挺认真负责的小伙子。“至于你们的家庭情况怎么样，我不太了解，我觉得你是不是多心了？你再多了解了解吧。不过你放心，这件事到此为止，我不会跟小夏说的。”关丽将信将疑地点点头，又仔细巡视了一遍夏松涛的办公桌及抽屉。她将带去的小食品发给办公室的每一个人。走进电梯，她心里空落落的，就把东东从小阿姨那接过来自己抱着。这趟报社之行让人失望。

燕晓春眼睛看着窗外，过了许久，她长长地叹口气。她告诉我，关丽说你们屋子里的东西都是她置的，她的工资是你的好几倍，说你老是撒谎，在她生病期间到外面找相好，她有证据，后来是你一看她单位分了房才又回来和好的。燕晓春说，关丽仔细分析你的笔记本，她看你的文章中有一篇提到“物质的诱惑和甜蜜”，你说任何人都涂改不了你心底天空的色彩，还有“一切阻碍你的东西都将被你无情抛弃”。关丽仔细分析这篇文章，她判断“天空的色彩”代表你在外面的一个情人，“诱惑和甜蜜”是说那个情人对你有很大诱惑，你们在一起非常甜蜜，当然也可能现在你对她不感兴趣了。你说“一切阻碍你的障碍将被抛弃”，就是说你想和关丽离婚，找你的情人去。

燕晓春叙述期间，我没有插话。我是有随笔写下感想的习惯，在我的笔记本里有很多没头没尾的散乱的杂记，许多心里话无处诉说，只有在杂记中自己向自己倾吐。当然为了避免麻烦，杂记里没有提到任何人的名字，许多段落自己后来看时，也必须通过写作时间和上下文的逻辑关系来猜想。燕晓春说的这一篇，我只是有个朦胧的印象。后来我在书册丛中，终于找到了这张纸，边缘不整，字迹潦草，前后有两段：

> “时间一秒一秒地过去，我的青春也一点一点地消逝。无所事事，无所成就，四顾茫然，仅剩下一点点内心信念的支撑。朋友们宽慰我，鼓励我，帮助我，但我不能依赖别人的扶持。
>
> “我不想一辈子让别人养活，我更不愿别人控制我，我是个自由的人，任何人都涂改不了我心底天空的色彩，一切阻碍我内心激流和事业进取的障碍将被我抛弃，我将无情于物质的诱惑和世俗的甜蜜。”

我说的扶持，指老同学焦立军，他去了一家广告公司当副总，拉我当策划部主任，给我开了一份不薄的工资。我不用天天去策划部报到，我在家里也可以策划，必要时去一趟公司，反正报社不坐班，时间我有的是。焦立军听我祥林嫂似的诉说婚变史，呵呵地笑。他开始在下巴上蓄胡子，有两寸长了。哥们儿是够苦的，他捋着胡子说，不行就重来吧，天涯何处无芳草？这个我经历过，算个屁事儿！别往心里去，我以后帮你找一个。

开工资的事，关丽知道，当然焦立军后一段话我没有告诉她，关于公司的很多细节我都没说，我拿回真金白银是硬道理，说多了只会凭空给自己添累赘。这一点我十分肯定。我文章想表达的，主要是希望自己在新闻事业方面有所建树，自己给自己打气，不要灰心，去公司是一个生活手段，我没想过从商。关丽关于天空的色彩和情人、离婚之类的胡乱猜测，引起了我的反感甚至厌恶，尤其在老同学的面前。我不由自主吐出一句：这样的分析你觉得有意思吗？燕晓春微笑说，我当时也觉得只通过只言片语就给人下定论有点无聊，还劝关丽，她听不进去，说夏松涛已经不是你认识的夏松涛了。我觉得你们俩缺乏沟通，关丽对你还是不了解。

出租车司机有点烦躁，他说，这都快一个小时啦，咱们还等吗？关丽说等，我又不是不付你钱？司机“唉”了一声，身子往座椅下面出溜，你说这到底等到什么时候啊？正说着，关丽突然望见夏松涛从报社大门出来，关丽来了精神，说咱们走。司机发动车子，关丽又说别跟得太近。见夏松涛上了公交车，关丽说咱们就在车后面跟。司机说，你这是抓小三儿吧？关丽没吱声。夏松涛在地坛公园附近下了车，进了公园。关丽急忙结了账，不远不近地跟着。夏松涛低着头，在前面不急不慢地走着，有时还踢地上的石子儿。约会的时间还早，关丽想。夏松涛选择了公园里一处清静的角落，坐在长椅上。关丽就在不远处透过松树的缝隙看他。关丽觉得自己心跳加快，她期待某个女人的身影出现。不，可以说，她非常确定，这个女人一定会出现。心咚咚跳着，好像要震破耳膜。关丽紧张起来，千百次的梦境马上就要实现！她终于等到戳穿夏松涛谎言的机会。

半个小时过去了。一个小时过去了。那个女人还是没有出现。偶尔有个母亲推着小孩车慢悠悠地经过，再就是清扫卫生的园林工。没有什么人来。关丽觉得脚指头已经冻得没有知觉，颈部僵硬，手在发麻。夏松涛手捂着脑袋坐在那里纹丝不动，眼睛并不是像关丽希望的那样左顾右盼。将近三个小时，夏松涛几乎一直保持这个姿势。突然间他长叹一声，直起身，甩了下臂膀，仿佛抛掉冥冥中的什么破烂，站起来跺跺脚，然后朝公园外走去。关丽没有再跟上，她怕被夏松涛发现。她觉得失望。她蛮有信心看一场好戏，这出戏仿佛是她来导演，但结局并不是她设计好的那样。但她没有彻底失去信心，她总觉得有什么地方不对头，但现在她想不清楚。她头痛欲裂。

我对关丽说，我经常写稿到很晚，咱们买个行军床，太晚了我就在书房睡，省得影响你。她翻着眼睛看我，没有说话。半年来，她嚷头痛的次数更多了，失眠情况也越来越重，有时我写稿到后半夜，看她那屋还亮着灯，探头看，她和衣倒在床上，听到我的动静，马上就起身看究竟。我和她去医院看失眠，医生开了地西泮，嘱咐说，睡前不要做无谓的思虑，可以喝杯温热牛奶，平时作息时间要规律，多参加一些体育锻炼，您还可以按摩按摩头部疼痛一侧的穴位，对睡眠有帮助。

自从那次她夜里掀被、我凌晨跑步以后，关丽不再夜里把我揪起来谈话，她买了一双毛绒拖鞋，走起路来毫无声息，常常不知何时出现在我左右，我有几次心脏猛抽一下，额头冒汗，我呵斥她像鬼，她说你才鬼呢，没有鬼你怕什么？买了行军床，不管写不写稿，我都在书房睡，我不用担心打呼的问题，不再担心把被子拽到自己这边的问题，甚至有一次我在噩梦中狠踹了关丽一脚，现在这些问题再不会出现。但她的话语似乎更阴冷了，她越来越喜欢逼近我的脸然后说一两句让人摸不着头脑的话。我能感觉出其中的厌恶和怨恨，但我无法让她脱离她的轨道，让我们像正常的夫妻一样生活，我觉得自己是个没用的人，一个被人踩到泥里，仅仅在苟延残喘的人。有一次，关丽上班去了，我收拾房间，拉开床头柜的抽屉，看见关丽的地西泮只动了两三粒，医生开的几盒都完好地放在那。我拿着一摞药盒无意中站了半天都没有察觉。我陪关丽去医院开过几次安眠药，她并没有按时吃，攒了一堆。我站那想，就一下子——只要我把这些药片一起倒进喉咙，所有的烦恼就都没了。前程一片混沌苦涩，看不到有什么出路，我不想活成这样。吃安眠药，比跳楼、割脉、放煤气要文明得多，也少受苦痛。我死了，看关丽还怀疑什么，还啰唆什么！我死在她的单位宿舍，她单位就会掀起轩然大波，让她也尝尝唾沫的滋味。我就这么想着，面前的白墙上，我仿佛看到活动的电影画面：母亲在停尸间扯着我的衣袖哭诉着，度量怎么这么小啊，你窝囊了一辈子也没落好啊！父亲老泪纵横，说你辛辛苦苦念了书，到头来全喂了狗啦！东东咧着嘴哭，爸爸呀爸爸呀！弟弟吐口痰用脚搓着，呸，真他妈不值！焦立军沉着脸，腮帮子鼓起一条条的长棱。还有岳父，这老军人叹口气说，不是一家人不进一家门啊，可怜东东没爹了。我还看见报社各个房间都在交头接耳，关丽单位的人奔走相告。我站在那，手心出了汗，半晌，我才拖着麻木的腿挪到窗前，阳光刺眼，很长时间难以看清窗外的景致。我对自己说，我就问一个问题：到底障干是我还是关丽？我们生活这么别扭，终归不是一家人，岳父说得对，既然无法沟通，不如各走各的路。

赵洪洋满面春风，看见我，大步走过来给我来了个熊抱。老同学，干得不错啊，我说。我知道他刚升了主任。他的报社在市区公园里的一个院落，这次聚会就是他发起的。庆祝六一，他在电话里说，都带着孩子啊，我儿童节放假，单位没人，都来啊！今天大学同学来了十几位，大多数领着孩子，也有单身的。出门的时候，东东好像不愿意，我说有好多小朋友，有好玩的，有好吃的。他才动身。

院落不小，同学们在树下的浓荫里聊天，赵洪洋借来些玩具，孩子们在院里玩。女生孟洁看见东东，走过去说真漂亮，好帅的小伙子。东东一声不吭，突然上去踢了她的腿，孟洁尖叫一声“哎呀”，愣在那里。同学们都朝那看。我恍惚听见尖叫，循声望去，这时东东又上前踢了孟洁。我从椅子上跳起来，跑过去拉开东东，连声向孟洁道歉。孟洁笑容僵在脸上，秀眼圆睁看东东，显然还没弄清怎么回事。东东这时清楚地说了一声：流氓。这孩子！孟洁气恼地绞着手，脸色绯红，她看看我又看看东东说，怎么教育的?!赵洪洋也赶过来，连说没事没事，孟洁，小孩子的话别认真，大家继续玩啊！孟洁在班里曾有几分孤傲，风闻她连高年级也不乏追求者，到现在还是单身。东东刚才的举动显然打击了她的自尊，看得出她想发火，但场合加上对象都不合适，她脸色愈加难看，掉头走开，嘴里嘟囔：夏松涛，你这孩子得好好管教管教了！接下去的活动，我就像个游魂，注意力完全在东东身上，同学的问话好几次我都没听清。我把东东拉到身边，怕他再惹事，可过不了多会儿，他看见其他孩子在跑，他又按捺不住，跑去参加，我就守在旁边。稍没注意，东东就把一个小女孩推倒在地，拿玩具砸她，还喊流氓。女孩母亲跑来，一边拍打女孩身上的土，一边气哼哼地说咱们不跟他玩了。我颜面丧尽，感觉满院同学的眼光都埋怨地聚焦在我脸上，我无地自容，对赵洪洋说，我这孩子太不像话，我先走了，你们玩，再联系。赵洪洋看出如果继续下去，走的就不光是我了，他点点头，跑去拿了几包食品塞给我。我出了院，一腔怒火无处撒，扯过东东，冲着他的眼睛喊，你干吗，为什么老喊流氓，谁教你的？东东不敢说话。我在心里找到了目标，忍着气，头也不回地拽着东东上车往家赶。

燕晓春说，这事太不对了，明显是大人教的，流氓这个词儿小孩怎么知道呢？我说，我当时的怒气你可想而知，简直是暴跳如雷。我回到家，我顾不上东东在旁边，就质问关丽都教了东东什么。关丽开始什么都不承认，后来又说应该让孩子早点知道大人的事儿。我狂喊了一阵，慢慢冷静下来，我觉得除了我俩之间的摩擦、敌视，现在关丽要从小孩子开始，培养仇恨意识，灌输她扭曲的世界观，这女人连母亲都不想做了，完全失去理智了，这日子真的到头了。

我转了几圈，极力使自己气息平稳，走过去对关丽说，你一意孤行，我挡不住你，但你现在正在影响孩子，他才多大啊，你这不是要毁了他吗？我们没法再继续生活，我要离开这儿，东东我带走。关丽出奇地冷淡，她眼睛看着别处说，随你的便，孩子是你们夏家的，你看着办。我收拾了东东的用品，抱起孩子，出了门。关门的时候，我特别注意轻轻地关上，我不想给东东留下一个野蛮父亲的印象。

那天下午，我和燕晓春谈到最后的时候，她告诉我一件事。我第二次碰到关丽，并不是我去找她，而是她主动来找我的，燕晓春说。关丽给燕晓春的办公室打了个电话，约她出来，一见面关丽就说她现在怀孕了，征询燕晓春的意见，到底要不要这个孩子。“当时你们闹矛盾，正分居，她再没有别的可以信任的人商量。”我心里瞬间沉重起来。与燕晓春谈了半天，唯有这件事让我内心最受撞击。我回想，应该是分居前一周左右，早晨，关丽起来梳洗，要去上班，她穿着一条半透明的内裤在房间里转来转去，我还在被子里，在残梦中，见她起床，将意识的一半交给了她，我哼了一句，冰箱里还有面包和培根，还有牛奶，你要来不及就带着到办公室吃。过了一阵，我意识开始迷糊，关丽忽然又爬到床上，带着牙膏和化妆品的味道钻进我的被子里，我刚要张嘴说什么，忽然被一个温乎乎的东西压住脸，还听到她咻咻地笑。我在内容不同的残梦中感觉被套上了安全套，进入一片热海中，脑袋里面更热了，好像几个不同的梦纠缠在一起，我已弄不清自己在不同剧情里的身份。“破了破了！”我听到关丽在喊：“这是什么安全套啊，质量这么差？”

她身体弓着，跑到卫生间去，马上传来哗哗的水声。我腾地坐起，热度顷刻消失。赶紧吃点药吧？我跳下床翻抽屉。对，应该就是这次。因为一周后我们就分居了，我只顾着烦恼，竟然忘了此事。

燕晓春给关丽出主意说，这是一条命啊，怎么着你也应慎重，要不给夏松涛打电话商量一下？关丽问燕晓春：要是你碰到我现在这种情况，这孩子你要还是不要？燕晓春说，当时我挺矛盾的，直觉认为还是要吧，就对关丽说孩子是上天给的，有些夫妻想要还没有呢。关丽摇头说，我已经想好了，这个孩子我不能要，他们家对我这个态度，我给他们家已经生了一个，也算对得起他们家了，最可恨的是夏松涛对我现在这个态度，一点良心都没有，生下来，这个孩子也遭罪。燕晓春又劝了几句，看来关丽决心已定，就不再费劲。过了一阵，大概一个月吧，燕晓春在食堂碰到关丽，她搂着关丽肩膀贴耳问：那个宝贝呢？关丽伸出两根手指，做了一个剪刀的姿势。燕晓春明白，她把孩子做掉了。

腹中的酒和茶混在一起，现在翻逆上来的厚味让我头脑昏沉，我随着人流挤上公交车，窗外的车流更加杂乱。好像我身在冬季的荒野中，枯草和败叶在我脚下发出干裂的咔咔声，麻雀和灰喜鹊惊慌地四散飞去，暗云低垂，一条弯弯曲曲、时隐时现的石板小道向山丘后面的灌木林中延伸而去。这是我的第三个孩子了吧？我和关丽的。婚宴之前，就在我和弟弟那个房间，我们有了第一个孩子。当关丽把化验单拿给我的时候，站在医院走廊里的我俩都有些惊慌。毕竟正式仪式还没举行。怎么办呢？怎么办呢？关丽看着我：这个我报销不了，我们还没结婚，这个孩子没指标啊，再说传出去，我们单位那不翻了天了？

我也不知道怎么办，就去找焦立军。我和焦立军在大学时成了好朋友。说来也奇怪，上学前我来自工厂，他当了两年多的兵，别人问是什么纽带把你们拴在一起？我俩互相望望，也说不清。刚入学，同学之间彼此还不太熟，在一次沈从文作品研讨会上，我有一段发言。在此之前我走火入魔地读了两本沈从文的书，而当时大部分同学都在读巴金或冰心。我觉得沈从文和 1949 年后红得发紫的作家们完全不同，他来自湘西的一个偏僻小城，他写乡俗、杀戮，写下层劳动者的生活和欲望，对于当时的主要文学派别来说，他也完全不入流，但我喜欢。我支持你，焦立军在会后找到我说，我叫焦立军，咱俩这就认识了，对于沈从文，我喜欢他那种出于人性本质的深刻，我讨厌附庸风雅，自己被人卖了还帮人数钱。我俩郑重地握了握手，然后就越走越近。焦立军听了我慌乱的诉说，又露出天塌不下来的神色，我知道一个不错的卫生所，他说，私人的，人家那个大夫原来还是妇产医院的一个主治医师呢，你放心，我给你安排。我觉得焦立军是天下第一大善人。办事那天，我们在约定地点见了面，周围是一片平房。关丽拿纱巾围住半个脸。她对焦立军说，这事多亏你了，幸亏夏松涛有你这么个好朋友，多谢你啊！焦立军引我们走进一个挂着红十字木牌的小院，诊所是两间平房，外间放了一张桌子，有一个护士模样的人在登记，墙上贴着一张装饰着彩色花边的白纸，列出一些手术的收费标准，里间屋被屏风挡着，无法看清摆设。焦立军进了屋，喊了一声汪主任，片刻，一个面如满月的中年妇女笑容可掬地走出来，她举在胸前的双手还带着橡胶手套。焦立军俯身向汪主任说话，又指指我，汪主任冲我点点头，招手让关丽进里屋。焦立军对我说，好啦，接上头啦，剩下的事儿就是你自己的了，这个钱我可不能替你缴，这是有讲究的。我拍拍他的肩膀，找时间请你喝酒。这家伙清清嗓子出了院。过一会儿，一个女孩从里间屋出来，到护士那缴费。

我坐在外间的长条板凳上，听到关丽在里面说，我因为要出国，手续办下来了，所以这个孩子我不能要。那个汪主任说，我们医生不过问病人的事情，我们只是把手术做好。接着我听到她们断断续续的话语：躺下，把腿放这上面，放松。接下去就是断断续续的极其轻微的近似于哼唧的对话，还有什么器皿放到盘子里的清脆声音。这两间布置简洁的房子，新粉刷的墙是白的，墙上的写收费标准的纸是白的，桌布是白的，屏风是白的，护士的帽子和衣服也是白的，我想我们的第一个孩子如果在这样的环境里出生，他的皮肤也应该是很白很白的吧？差不多一个小时，关丽出来了，在整个房间的白色调中，关丽的脸几无血色，只是显得稍微深一些，我迎上前去，不知道说什么，我想不论说什么，那话语也像墙上的纸一样苍白。

我出门之前，启动了老旧的窗式空调。后来关丽说空调基本上没有效果，整个上午，屋内的温度随着炙热的阳光慢慢升高，窗外的蝉声越来越犀利，窗式空调震得人脑袋生疼。关丽又把窗户打开了，她在水泥地上泼了点水，整个房间里充斥着湿潮闷热的气息。关丽在两间房子里转来转去，无事可做。她在水泥地上铺了一个凉席，躺了下来，她的后脑勺、脊背、臀部还有后脚跟与坚硬的地面碰触，应该怎么放也不舒服。她的圆口T恤衫显得松松垮垮，腹部几乎全部露出来。当我办完事回到家，她还保持着这种姿势，像一个全身瘫痪的病人。一只蚊子在脸前盘绕，她气哼哼地挥了一下手臂，过一会儿蚊子又嗡嗡地俯冲下来，她懒得动作，眼睛盯着雪白的天花板，大脑似乎混沌一片。我悄悄走进书房，她是不是在想自己身处何处？在自己家，在大杂院、宾馆，还是在东东身边？我曾听她说过，她经常需要过好一阵，才能反应过来自己身处什么地方。在我印象里，这个家对她来说，曾经是亲密、隐秘的私人空间，是那种经过艰难航程之后的静静的港湾，是战胜了无数强敌后获胜归来的梦中的坚固城堡。但现在没人关心自己，从她僵硬的姿势似乎可以感到，对她来说这里就像颠沛流离的难民收容点。不知她是否知道我已经回来了，我也没有靠近她。我从书房门缝处，能看见她的脸的侧部及上半身，她没有像以往那样上前审视我、想方设法盘问我的行程，我倒觉得意外。忽然我听到一声轻叹：“唉，谁会在意呢？我这个样子，不打扮，不讲究，谁会喜欢我这样的女人呢？”我不知道这句话是不是说给我听，从她嘴里说出这样自轻自贱、哀哀怨怨的话，我还是头一回听到。前几天我发现写字台柜门里有被翻腾的迹象，尽管里面的东西似乎被非常仔细地照原样摆好。我不在乎，我的书包、笔记本被检查早已是家常便饭。还有，在过去的日子里，她的质问，她的追踪，撕名片、抬冰箱等等都表现了她的强悍的一面。今天她很奇怪。

关丽问过我，喜欢什么长相的女人？是像佟英华那样的吗？从本心说，我不想回答这个问题。就在我俩分居又复合的谈话中，我郑重向关丽提出，请不要给我的同学和朋友单位打电话，你的举动会给别人凭空带来无尽的烦恼和压力，请尊重别人。另外这类事一传十、十传百，你也等于是给我夏松涛脸上抹黑，让我在朋友圈里怎么做人？她不吭声，我说你不回答我就当作默许了。从此佟英华的话题在我俩之间也就不算禁忌，尽管她要不提，我绝不会提及。是不是？她问我，是不是喜欢佟英华那样细长眼睛型的？她也就是脸白一点。关丽陷入回忆中。唔，我在脑海里努力搜寻着那张暗淡的旧照片，回想着风中那个长发向身后吹着的姑娘，以及她几乎完全失去血色的嘴唇。我说不上特别喜欢什么脸型，我回答。我很清楚，关丽崇尚的是那种健康敏捷、脸上充满血色和阳光的女性，她们穿着套装，绝对是有牌子的那种，她们每天精力充沛，对话灵活有内涵，她们的档次和业绩会让所有男人和女人由衷地羡慕。在关丽眼中，我不了解也不愿了解这些，看不到如今社会上的潮流变化，我是传统型的，已经严重落伍。不对，也许在她看来，我还年轻，也算精力旺盛，在小窝时差不多每天都要，现在每周也就是两次，还勉勉强强，老大不乐意。你的精力都用到哪啦？关丽问我。也许她还在想大杂院，想那个漏雨的小窝，想唯一干燥温暖的床铺上，我俩那些黏黏糊糊的小动作。你变了，绝对变了，关丽说，你就是嘴硬不承认，所有东西都会变，这是唯物论，绝对的真理，几千年形成的古人经验。

头又开始疼了。好像一到夏天，关丽头疼的毛病就开始严重。她会使劲掐自己两边的太阳穴，咧开嘴，牙关紧咬，双颊和眼角布满横纹，仿佛全世界的痛苦都由她一人承担。那种表情我见过几次。她呼啦一下从席子上起来，拖着鞋走到我这边，推开门，我看见她拉长的脸和蓬乱的头发。你到哪去啦？你说去一会儿就回来，你自己看看现在几点了？我告诉她，我回来一会儿了，咱们的自行车被人偷了，我刚才在停车的地方找了半天，也报了警，所以回来迟些。关丽一屁股坐在行军床上，行军床吱吱扭扭的声音伴着她的哭腔：我一直在这儿躺着，也没人理我，我死了是不是都没人抬啊？

怎么样，你感觉这酒怎么样？焦立军有点得意地望着我。

他拿的是一瓶一九九六年的法国波尔多干红葡萄酒。说实话，我对酒没什么认知，但我相信焦立军，我觉得他的眼光不会错，包括他看酒的水平。焦立军生长在部队大院，他的老父亲原来是新四军。焦立军从小和一帮大院的孩子混，戴军帽，背军挎，攒了钱就去吃老莫。大学毕业后我去了报社，他去了广告公司，之后他去俄罗斯倒货攒下第一桶金，现在办了一家数据公司。这家伙胡吃海塞，好像说到吃没有他不知道的：哪里又开了一家什么风味的店，哪种海鲜是哪家店做得地道，他如数家珍。当然酒也不会例外。关于我和关丽的事，我没少找焦立军絮叨，有时过了半夜，我还没完没了，焦立军的老婆在旁边一个劲地掩口打哈欠，又不好意思离开，焦立军倒是精神百倍，他已经习惯夜里四五点才睡觉，半夜时分正是他头脑清醒的时刻。我觉得更主要的是，焦立军对夫妻吵架这类社会上杂七杂八的烂事，似乎特有兴趣。他常常耐心地听我诉苦，偶尔反复核实一下当时的细节，但极少马上发表评论。他的烟瘾越来越大，想事情的时候一天能抽三包，他朝我伸出手指头，食指和中指熏得焦黄，使我想起我过去画过的松树枝。

晚餐时，焦立军拿出红酒，我俩现在喝第二瓶。喝什么酒都无所谓，我只不过借酒撒疯，跟老朋友说说心里话。你老婆来过我这里，我还请她吃了饭，焦立军重新点着一支烟说。他回过头，可能想和他老婆证实一下关丽来家的时间，但他看到对方已经靠着沙发垂下头，就放下烟，把老婆拉起来送到里屋，关好门，回来继续拿起烟。

我无法证实关丽找焦立军是在我们的哪次分居期间，这对于外人来说可能也不太重要。焦立军告诉我，关丽来的时候表情轻松，满面笑容。这女人真够能装的，焦立军心里说。焦立军还记得，关丽给他老婆带了一条丝巾，花了吧唧，说是深圳那边的，她拉着焦立军老婆东问西问，焦立军的老婆不解来意，就不停地看丈夫。焦立军夫妇与关丽谈了半天，中午还请她吃了饭。扯来扯去，我慢慢弄明白她的意思了，焦立军说，她就是想从我这打听你在外面有没有女人，这我怎么说啊？我就是知道了也不会说啊！我跟她解释，我说没有听说过，而且我觉得夏松涛不是你想象的那种人，我了解他。关丽不以为然，她认为我们都被骗了，说你已经变了，已经不是原来的夏松涛了。焦立军心里不舒服，快到中午，他到厨房和正在准备做饭的老婆交代：随便做点就行，越简单越好，不伺候丫的。老婆犹豫说，她和夏松涛还没离呢，万一？焦立军说，就按我说的，没事。

厨房传来“啊”的一声惨叫，我吓得头皮发麻，跌跌撞撞跑过去看，厨房里煤气灶开着，冒着蓝色的火焰，关丽站在煤气灶前，嘴向两侧咧开，牙关紧咬，发出嘶嘶的声音，她左臂的袖管高高挽起，右手拿着不锈钢锅铲，空气中散发出一股焦煳味道。我朝她左臂望去，见手臂上有一大块烙印，鲜红的创口上渐渐隆起一些小水泡，有血水正流下来。她在自己烫自己的手臂！你疯啦？我跑过去，关上火，和她争夺锅铲。那老太太拽过我这个手，关丽咬牙切齿地嚷，这手她拽过了，松涛，她拽我的手，还打我，我不要手了，脏了，我不要了。我拉着她的手臂到水管下冲洗，又找出家里的纱布简单包了包。我俩跑到她单位的卫生所，我满头大汗，气急败坏地向医生诉说病情，关丽却脸上挂着微笑说没什么，没什么大不了的事。医生对伤口进行了简单的处理，说你们最好到大医院再看下，烧烫伤最怕的是败血症，我们诊所条件有限。我们打车去了一家三甲医院，医生给关丽处理伤口，因为关丽有点发烧，又安排打点滴。医生不在的时候，关丽瞪着眼睛对我说，这手没用了，早晚我还得把它切掉，做手术也行，反正我不想要了。我说别胡说。我晚上陪着她打点滴，房间里就我们这一床安排了病人，荧光灯嘶嘶地响。关丽眼睛炯炯发亮地盯住白色的天花板。过了一会儿她说，你就躺在旁边那个床上吧，反正也没人。空寂，无语，我慢慢入睡。不知何时，我觉得两股间有些异样，急忙睁眼看时，自己下身赤裸着，关丽手拿一把光闪闪的剪刀，她笑呵呵地说，这是个祸害啊，剪了吧，听我的，一了百了。我忽地一下坐起，张手去抢关丽的剪刀，她尖叫闪躲，带倒了输液支架，金属碰撞和玻璃碎裂的响声伴随着凄厉的女音一直传到走廊上……

我坐在床上，我发现，我此刻是在旅馆，采访途中，在旅馆房间的大床上，窗帘上隐隐约约透出路灯的黄色，远处传来一两声愤怒的犬吠。我咽喉焦渴，好像刚才呼喊过，手心里也出了汗。我对自己说，关丽的心理可能出了问题，我要赶紧想办法。

我让焦立军帮助，联系了北大医院一位心理门诊专家，怕关丽抵触，特意把专家约到一个茶座。我和关丽到了地方，茶还没喝，专家刚问了几句，就引起关丽警觉，她板起脸问我和焦立军：你们要干吗？把我当精神病啊？我没病，要看你们看吧！她站起身，推开椅子，也不看我，气哼哼地走了。

国内主要报纸都刊登了一条新闻，中国政府正式加入修正后的《蒙特利尔议定书》。议定书的主要内容是限制使用氟利昂。说到氟利昂，我又想到关丽。三年前，报社一位同事找我，讲了他密切关注的话题。我国制冷行业快速发展，尤其是以电冰箱工业为主体，目前全国冰箱产量居世界首位。“你知道氟利昂吗？”他目光炯炯地直视着我，看我摇头，他身体向后靠到椅子上侃侃而谈。氟利昂，化学名称氯氟烃，我们目前使用的制冷剂都是氟利昂制品，就是CFCs，没有它就没有今天每家的电冰箱。但氟利昂进入大气后，与臭氧发生化学反应，使臭氧逐渐耗竭。臭氧层被破坏会有一系列的可怕后果，比如破坏人的免疫系统、农作物产量下降、温室效应等等。讲述中间，他摘下秀郎眼镜，轻轻按摩鼻梁侧面压出的红印。前两年一些发达国家还有国际组织成员开了个会，签署了《蒙特利尔议定书》，限定于一个时间后停止使用CFCs。各国科学家也在寻找CFCs的替代物。国际上现在开始排斥使用CFCs的冰箱，许多国家已明确表示不再向我国订货，甚至退了合同，国内有的消费者担心现在买电冰箱，一旦氟利昂禁用，电冰箱将成为废物。可是冰箱行业很多厂家还是想听一听看一看，缺乏足够的认识和精神准备，更谈不上做出战略决策。“你敢不敢和我一起写文章说这个事情？”我可以，我点头。我们决定陆续推出一些版面，介绍电冰箱行业面临的挑战，我俩在内容上做好了分工，他采访相关协会和企业，我查背景资料。

晚上，我把资料都摊在桌子上。“我国电冰箱行业面临重大抉择”，这是我准备推出版面的总标题。我用凉水狠狠洗了把脸，这已经是第二次洗脸了。吃完晚饭一直和关丽谈话，刚安顿她睡下。现在快十二点了，今夜我要抓紧完成一些地区电冰箱行业盲目发展这部分，不能再拖了。

压力是明摆着的，我俩这个报道内容一见报，国内以氟利昂制冷的冰箱厂肯定会群起而自卫。“到时候谁也不许尿啊”，我俩分工之后还特意握了握手。不知现在是夜里几点了，我想去冲杯咖啡，又担心来回走动打扰睡梦中的关丽，只得作罢。我用左手托住越来越沉的脑袋，一边用笔在纸上画出关系图，一边思索。过了一阵，我感觉除了书桌上电子钟轻微的滴答声之外，似乎有窸窸窣窣的响动从身后传来，我眨眨眼睛，换换姿势，想努力清除意识的半模糊的状态，但窸窣声不仅没有消失，反而越来越明显，我的左肩上伸出一个毛茸茸的东西，它慢慢向前伸，原来是关丽正瞪着眼睛凑近了看我面前的稿纸。我倒吸一口气：你干什么?!关丽将纸上的内容扫视完毕，头慢慢抬起，你还不睡啊？……那次是我成人后第一次受到如此惊吓，我汗毛炸开，头皮发麻，胸腔像是被人猛击……

将近四年时间里，我和同事编辑、采访的有关电冰箱氟利昂制冷内容的稿件和版面，在国内引起震动，一些报纸先后联系要采访我，有的还发来采访提纲。一些冰箱厂群起攻之，投诉到主管部门，抱怨说国家花费巨资引进生产线生产的电冰箱造成积压，媒体应负主要责任。报社各方面压力大，领导找我谈话，意思让我避避风头。我离开经济信息部门，被安排到副刊部工作。老同学赵洪洋问我，是否愿意在他们报纸披露氟利昂事件的前后经过，我说算了，那样我可能更麻烦。

我沿着公园的湖岸走着，鞋底蹭着路面。索然无味，一切都无意义。在报社，你的能力、努力和成果得不到认可，在家里你失去了亲人的信任，他们认为你做的是无益的或损人不利己的事儿。作为人，你无法去交流，胸闷脑涨，懒得言语，懒得做所有的事，连睡个觉的想法都觉得是个负担。你像个行尸走肉。什么是百无聊赖，这还不是吗？翻过一个小土丘，有一个长椅，这里背靠树林，前面是一湾溪水。一段时间来，我经常来此长坐，因为周围没什么景致，游人极少，唯有鸟鸣相伴，但恰恰符合我的愿望。我只带一瓶水，偶尔带一个小面包，经常坐上三四个小时，或者更长时间。我尝试过泡图书馆，通常阅览室里整洁安静，还可以找自己想读的书，但经常是书读到一半，碰到类似婚姻、信任、事业之类的段落就会发一阵呆，有一次我脱口而出“纯粹胡扯”，周围的人都抬起头惊讶地看我。公园长椅比小窝的屋顶更干净，没有邻居孩子大人的吵闹，我也能随意在某个思考的段落结尾处脱口而出一些词语，时常还夹带着手势以增强语气、抒发情感。我不能带纸笔，我在心里自己对自己说话，而不能写出来。我知道哪怕只有一两个字，也会让关丽绞尽脑汁、殚思竭虑地分析若干个日夜，天知道她会联系到什么事情上，然后她就会白眼珠多黑眼珠少地对我发出质问。质问，总是质问。同样的问题，你要隔一段时间再回答一次。例如几月几日出了报社，你干什么去了？你要清楚地记住上一次你是怎么回答的，一字不差，尽管你当时的回答完全依据事实。一来二去，你每次回答得都挺流畅，问的一方就会选择你头脑并不清醒的时候再问。那天中午，我睡完午觉正要起床，关丽忽然说了一句：我发现夏松涛是越学越滑了。我冲口而出：放你娘的狗屁，你不会说话就别说话！她愣了一下说，你怎么变得这么野？对你这种胡搅蛮缠的人就不能讲什么道理，我怒火难耐。

不愿回菊园，不愿回家，那不像家。每当我下班或从外地采访归来，在走进小区的瞬间，我从兴冲冲的情绪中一下子就会跌入冰窖。我自问，我为啥要到这儿来？我怎么就从一个无冕之王瞬间变成被人监视、被人盘问的品行不端的人？有一次我回到家，刚关好门，一回身，关丽上前来就解我的腰带，我有几分惊惧，边躲边问干什么。她竟边笑边说，让我闻闻，是不是有什么人的骚味？东东在一旁，看见妈妈笑而我一个劲地往后挣脱，觉得好玩，也咯咯地乐，嘴里喊骗人骗人。拉扯中，关丽的指甲划伤了我的肚皮。我恼羞成怒，对母子俩大声斥责。关丽不以为然：没有鬼你怕什么？这个场面我刻骨铭心。我记得，我腾地萌生了一个念头。我后来猜想，它应该是激烈争吵中一种抵触，或是长久对峙中的一种绝杀。我当时像被什么人牵引着走到厨房里，目光投向存放各种刀具的木匣，猛地拔出一把剔骨刀，噌的一声，那种只有单薄的锋利的铁器才能发出的特有音效在厨房的水泥四壁间回响。我把剔骨刀搁在面前的案板上，它的造型多么轻巧，刀背部分呈现出灰黑色，刀身均匀过渡到刀刃处则反射着一种寒光，它在平静等待它的猎物，而两者之间仅隔着几层单薄的布料。我觉得我的小臂和手在发胀发热。容易，做起来很容易，我只要褪下裤子，就像平时切菜切肉一样，轻轻一挥，一切恶意的联系，一切无中生有的脏水，对你的一切指指点点，就会随着喷溅而出的血渍化为乌有。那薄如蝉翼的表皮以及皮下隐隐透出的殷红的血管、淡青色的静脉和粉红色的肌肉，在剔骨刀下根本算不上问题。割了吧，一了百了。我想起关丽充满希望的笑靥。她在干什么？她听见了那声刀响了吗？我把思绪停下来，倾耳细听，书房方向传来关丽和东东说笑的声音。她不知道自己侮辱了一个人？她不知道她侮辱别人的同时也侮辱了自己？她倒像个没事人！心里的火又升起来，我慢慢将刀子举起来，慢慢插回木匣，觉得自己刚才的思路完全走错了方向。我想自宫，无非表示抗争，以示清白，我根本没那个必要。书房里的那个人，已经失去了正常的思考方式，即使我那么做了，也许她还觉得我幡然醒悟，或者以示悔恨呢！这个让人厌恶的地方，我为什么还要来？我是飞蛾扑火，自取其辱。

回到菊园，我面对的常常是这样的场面：东东的玩具扔得到处都是，厨房池子里堆满油腻的碗碟，厕所的塑料盆里穿脏的衣服冒了尖，包括关丽的乳罩、袜子和内裤。不管我上班回来多晚，关丽都等我做饭。也许她是用做饭来迫使我早点回家。如果我有什么特殊的事情回来晚，即使我事先给她打了电话，多半时间里当我到家一问，她还是什么也没有吃，我一开始觉得内疚，告诉她这样会伤身体，但结果依旧，让我开始怀疑她的用意。我潜意识中产生了抵触。家里一些用具，比如油烟机啊，灶台啊，窗台啊，暖气罩啊，我懒得去擦拭。屋里的吸顶灯不亮了，我视而不见。厕所的排气扇当你按下开关想使用时，它默然不动，隔上一会它又积极行动起来，我根本不在乎。上床之前，我有意不清洗干净，关丽躲瘟疫似的闪开，大叫有味。只要我上班，我就会一次比一次晚回家，干完工作，我就和一些单身的小年轻打乒乓球，直到精疲力竭、一身汗味，在回程的公交车上附近的人纷纷掩鼻。我知道，不管我回答什么，迎接我的仍然是疑惑的眼神和她的卷宗里确凿的罪证。面对从晦暗的屋里传出的疑问，我有时干脆硬撅撅地答道：玩去了，你管得着吗？关丽带着满脸的疲惫走过来盯我半晌：夏松涛，你越来越不像话了，你哪儿像个记者、大学生？

关丽的感觉没错，我发现自己的变化很大。在报社，电话铃响了，我害怕是关丽，打来又问什么事情你不是说什么什么你为什么又什么什么；打来的也许是多年没联系的女同学，没好气地质问我为什么你爱人打电话到我们单位？写稿的时候，总觉得关丽不知道哪根筋搭错了，会抱着孩子突然出现在办公室门口，或者不断闪回自己肩膀后生出一个脑袋那一瞬间。每天接到的信件，先检查一遍，有没有老同学和朋友的来信，但凡中间有一点儿叙述友情和生活内容的部分，马上把信撕碎扔掉，而且要多走几步扔到报社盥洗室的大垃圾桶里，以避免不必要的麻烦。在走廊里，看见同事们特别是女同事脑袋凑在一起嘀嘀咕咕，就猜想她们是不是在议论我的家事，毕竟关丽上次来报社已经弄得满社风雨。

在家里，在桌前，我常常不停地走动，心中郁积着不断膨胀的热能，随时有可能爆发，我看镜子里的自己就像夜里绿着眼睛巡视的饿狼。拿起书很难看进去一页，铺开纸张想写点心中的自责和积压的怨气，犹豫再犹豫，最后的结果总是用笔在白纸上乱画。争吵，没完没了的争吵。我发现，在我俩的争吵过程中，我再也不抱和风细雨式的幻想，我曾经坚信的一五一十、坦坦荡荡的谈话方式，已被事实无情地嘲笑。我开始注意我俩吵架时各自的语气和方式，我发现每当我平心静气、条分缕析时，我面对的一定是怀疑的甚至是鄙夷的神情，你还能怎么说理呢？相反，如果我狂怒喊叫以至歇斯底里时，我在对方眼里除了得意多少还能看到点退缩，这让我意外地好奇。还有一次，当我俩在争执时，我偶然提到他们单位的某件事，关丽突然间跳出对话顺序，摆手让我立即停止，然后眼神惊恐地四下张望，她说别说了，你别胡说八道。这一细节让我感到新鲜。她担心家里被人安装了窃听器，或者某事的细节被邻居无意听到。对争吵来说，这是她的弱点。我每天面对她的质疑和纠缠，既然吵架不可避免，我为何不避实就虚，抓住她的弱点进攻？让她操心操心自己的事吧，让她的精力和聪明才智多往自己周围转一转吧！当你的天敌向你迈出致命一步的时刻，它的天敌从背后扑来，这难道不是你逃命的机会吗？我不想胡搅蛮缠，我也不是专攻吵架艺术的玩家，我只想好好地生存，像正常人一样生活，我采取对人说人话、对鬼说鬼话的策略，这是生活所迫。

策略，吵架的策略，我知道有此一门学问。在大杂院，在街市上，我曾有耳闻，我惊讶不已，但我不以为荣，相反，我常常一笑而去。如今，我不得不开始对它礼拜。我想，巧妙运用吵架策略的人，应该是在两种情况下：第一种是他原本无理，或者处于劣势地位，他便运用技巧压制对方，使对方在大庭广众之下显得理屈词穷干瞪眼；第二种是面对对方的无理取闹，他采用技巧屈人之兵，目的是揭穿对方的险恶用心，同时摆脱纠缠，去干点正经事。我和关丽之间的关系，应该属于后一种。

这是一个发现，我有点小惊喜。等我俩再次争吵时，我跳过解释阶段，直接发动进攻，我从平静的语气一下子提高腔调，中间绝对不留过渡。我不仅音量高亢，而且我还有意朝着窗口或者阳台叫喊，我说——每天纠缠这些事情有意思吗？啊，有意思吗？你这是空穴来风啊，让大家都听听，让大伙都来评评理，你们单位也是科技分子成堆的地方，啊，总有讲道理的人吧？噢，你不好好生活也不让别人生活吗？你不工作也不让别人工作吗？你不上班别人要上班啊！你爱胡搅蛮缠也别拉上别人啊……

一开始，我运用这些技巧并不熟练，我根据对方的眼神、表情的变化来及时总结调整，也算是在战争中学习战争。我发现，我越是提到她单位具体人的名字和具体事件，她越惊慌，她脸色煞白，不停地摇手，这样我的声音就更大，而且我越早提到她单位的人和事，无谓争吵的时间就越短。她会捂上耳朵，跑去梆梆地关上窗户和阳台门，然后她把我推到书房，咬牙切齿地咕哝着什么把门关紧。我就算逃过一劫，一场磨难便告结束。我不再幻想苦口婆心把道理说透，采用这种吵架的技巧，我轻松取胜，我感到一种黑色幽默的同时，心里也在滴血。在这样的交流中，我不再把她当成我的爱人、我的亲人，她不再是我的家人，我们就是路人，是陌生人，我们再没有平等对话的可能，甚至不想再见面，我们吵完架然后各自离去，各人带着满足或怨恨继续自己的生活。

我在桌上铺上一张稿纸，刚写了“离婚起诉”几个字，眼泪忽地涌出来，耳边像刮过一阵大风，嗡嗡地响。定了定神，我先起了一个提纲，然后用钢笔，尽量一笔一画地写。我把起诉书分了三个章节：一、生活目标和价值观截然不同；二、她的一意孤行和我的委曲求全；三、偏执狂和非人的折磨。

钢笔哗哗地在纸上划出轻微的响声，不知不觉我写了二十一页。我叙述了婚姻后冲突的过程，努力分析我俩之间分歧的思想根源。我写道，我很看不惯她那种得过且过、一片混沌的生活态度，经常给予批评，她嫌我唠叨，说别人都捧着她就我老数落她。每天吃完晚饭，她看一会儿电视就昏昏欲睡，手里还拿着一本书摆样子。我还写，她把人分为有用和没用两种，态度明显不同，逢年过节她就催着我给有用的人写“效忠信”和贺年片，对此我很有看法，这也成了不关心她的理由之一。最后一段我说，每个人都有他思想的自由，每个人都有对伴侣的希望，对于在共同生活的日子里，我没有按照关丽同志的旨意塑造自己，没有使她活得轻松和幸福，我只能表示遗憾，我希望在漫长的人生旅途上，每个人都如愿以偿，找到自己合适的伴侣。

写完之后，我读了两遍，叹口气，找了个大口袋装好。躺进被窝里，想起七年婚姻的一幕一幕，眼眶又有点潮湿。第二天起来，躲过上班高峰，乘车，赶到法院，进立案大厅，排队，递交了我的离婚起诉书。接诉状的人拿过我厚厚的起诉书，好像特意在手心里掂了两下，翻了翻，问我：要离婚？我说是。他说这不行，写这么多，谁有工夫看？他拿出两张纸，我接过来看，是离婚起诉书格式要求，包括：当事人姓名、性别、年龄、民族、籍贯、职业，诉讼请求，依据的事实，子女抚养和财产分割。我正看，他又说，你按照这个格式写，一般不要超过五百字。我最不怕的就是写字，我很快填空似的写完诉状，再排队递交。走出法院，先到摊上买了根糖葫芦，慢慢吃着，心想昨夜也不算白忙活，毕竟捋清了思路，如果今天坐在法院现琢磨，时间就会浪费很多。

有人敲门。有人敲门之前我还在跑。跑的计划定了很长时间，我悄悄地收拾行李。其实没有什么行李值得拿，既然是跑，我就要放弃眼前的一切，同时也不敢拿什么，怕关丽发现。出走的那天，该去上班的关丽犹犹豫豫半天不出门，我心跳加重，生怕被关丽听见。最后关丽终于出了门，我用一个双肩包装上日记本和几件小物品，下了楼。我准备了一套说辞，以应付路上可能碰到的关丽。我想第一站跑到葫芦岛那里，我知道一个农家乐，离海边不远，休息一两天，听听动静。第二站到吉林市附近，拍摄雾凇时我住过的一个村子。最后的目的地是小兴安岭，对，就找那个钱副场长，我要求长住下来，干点什么活都行，凭力气吃饭。我觉得我计划得不错，谁知到长途车站买票时，窗口很快把身份证扔了出来：“证件不合格！”我问有什么问题。“照片不是本人，你看不出来吗？”我仔细看，怎么身份证上的照片变成了我弟弟的？我尴尬万分，忽然听到旁边有人喊上车，我高一脚低一脚跑过去，是一辆中巴，我刚要往里钻，门口的高个汉子拽住我的背包带：先交钱！我怕被熟人撞见，喊着我有钱、上车交！好几只手拉住我往车外扯，我拼命挣，脚乱踹，嘴里叫，我有钱，松手！我有钱！我挣脱束缚，磕磕碰碰地上车向后座跑过去，但怎么跑也到不了头。我使劲跑。一片纷乱。拍打车窗的声音。

是有人敲门。我问谁？我，像是关丽。我披件衣服，下床开门，关丽站在我的宿舍门口，把头伸进门帘，并不准备进来。你怎么让不认识的人来家里？什么不认识的人？我迷迷糊糊，还在想长途车站。她啪地打开灯：你为什么把我们俩的事告诉两个陌生人？她低头钻过门帘，叉着腰，对我压低声音说。什么陌生人？我这是起诉离婚，我定定神说，过日子你不好好过，我们在一起就吵、在一起就吵，现在是第二次分居，我该做的都做了，该说的我也都说过了，现在我不想再跟你废半句话。我把头偏到一边。吵架全是我的原因吗？你做过什么事儿你心里不清楚吗？夏松涛我告诉你，你就别做梦了，我有的是时间，你甭想离成，我不会让你称心如意！说罢她打了一下门帘，在转身离开的瞬间，右肩竟撞到门框上，她嘟囔了一声，快步而去。

我慢慢关门，门口留下一股凉气，更凉的是关丽冷冷的态度。她突如其来的一段话，表明她的思维还在混乱中，她一定认为我已经迫不及待，希望在纸面上与她断绝关系，以便和我的相好重新组织家庭。但是她的到来也透露出一个信息，“别想离成”说的不光是气话，她很可能动用其他筹码，在法律层面跟我对峙到底。因此我要做好心理准备。我承认在社会关系上我不如她，她的处事原则是交有用的人，为此她常常看不起我的君子之交淡如水的处事原则。我现在从心里浮起一丝担忧。关丽有时会说，我还不知道你？她凑近我的脸：告诉你，你心里怎么想的我明明白白，你们男人都一个德行，用下半身思维。用下半身思维？这种带哲学口吻的语气，绝对不会是关丽自己总结出来的，不知她从什么人嘴里接过来，硬安在我身上。那反过来我可以问：女人都是用上半身思维吗？纯粹胡扯！我痛痛快快地把这句话喷出来，反正屋里就我一个人。

但关丽好像不光是威胁。在我提起诉讼这件事上，她不仅没有气蒙，反而在用不同方法给我压力。父亲告诉我，关丽从我这里出门之后，去看东东，她抱起东东，哭得像个泪人，一边亲儿子一边说，你爸要跟我离婚，不要咱俩了，要找坏女人去，咱俩怎么这么惨哪！弄得东东一咧嘴也哭上了。父亲当时叹口气说，你们商量吧，别影响孩子。关丽带着哭腔说，能不影响吗？该让他早点知道，他爸是个什么样的人！关丽还给焦立军打过电话，告知我已经起诉要离婚，焦立军说清官难断家务事，你们的家务事我能说什么啊？关丽气哼哼地说，你们这算什么朋友啊，看着朋友家庭要四分五裂了也不管？焦立军说，我说过夏松涛不是你想象的那种人，你不信，你不信我还有什么法子？焦立军后来对我说。

负责我案子的是一个十分干练的中年人。他说，小两口在我们这儿起诉离婚的挺多的，要按我们看，其实大部分都是因为一些生活琐事，经过调解就和好了。你的诉讼状我看了，关丽身体不好，可能情绪激动一些，遇事不够冷静，对你的工作、生活可能有些影响。你们以后要多交流，互相谅解。你们还年轻，又有孩子，你们要多替孩子想一想。我和你单位的人事处长也交流了意见，你过去一直工作都不错。现在从区里头来讲都在压离婚率，第一次起诉离婚一般都不判离。你过去也当过团干部，咱们现在不叫服从组织，叫理解大的政策形势。这样，我建议你第一次先撤诉，这样在单位，在亲朋好友面前也都好看一些，显示我们也采取了主动退让的姿态，争取婚姻往好的方向转化。你看行不？那么，第一次咱们就撤诉？

我就从那时候开始四处访书、买书。我还记得我置身大钟寺内一家私人书肆昏黄的白炽灯下，手里举着一本旧杂志，半天看不进去一个字，眼前的白纸黑字似乎都与离婚、诉讼有关，脑子里闪回着几个月前法庭的影像，以及记忆中法官含义复杂的笑容。要下雨了，我也早点回家了，书店老板站在门口自言自语。我从书架中间挤出来，和老板打个招呼，跨出门槛。天空中已浓云密布，大钟楼圆形尖顶的最后一丝金光渐渐被灰色笼罩。我向公交车站方向走去，腹中模模糊糊地咕哝了几声，晦暗如水浸墨渍般地涂向周边的建筑、树木、车辆和行人，雨点逐渐密将起来，在地面的浮土上打出越来越多的斑坑。一两辆轿车紧闭车窗、按着喇叭从身边驶过，很快消失在胡同尽头扬起的灰尘中。我把T恤衫领口系紧，脚下加快步子。胡同两侧的商铺、饭馆和排档里，传来锅铲的乒乓声、食物在油料里的煎炸声及小贩们此起彼伏的叫卖声，店铺透出的灯光斜长地投向湿滑的路面。偶尔一个穿围裙的年轻人从雨里噼噼啪啪地跑过，欢快喊叫：“下吧！下得好！”

又一辆车驶过，映在积水表面的灯火星星点点、斑斓跃动。意念像飞萤，飘零不定，附着在雨夜里，在狭长的胡同低回。有几块尖硬物挤进我的凉鞋，我到马路边的排水口冲了脚，继续蹚水。也是蹚水，那是前年夏天？江苏或安徽？我和报社一位记者去水灾区采访。一家受淹的企业，我俩走进车间，里面已空无一人，地面的水已漫过脚踝，接近膝盖，水面上漂着油污、朽烂的纸箱、断裂的木板等物，阴凉而黏稠。不要往里走了吧？陪同的人在门口大声喊。那边有个高台，我到上面照一张车间全景就走，我喊。那次我们走了多少个地方？只记得坐车，然后乘船，再坐车，再换船，不停地蹚水，我俩的腿上起了一片一片的红疙瘩。“这不能挠，越挠越痒，烂了，以后就是个坑。”当地人说。正是麦子灌浆的时候，庄户人告诉我们，你们城里人这嫩腿，来一个肿一个。我俩抹了不少油，这个油那个油。红的不光腿。防洪堤坝上，我们陪着总指挥观察水情，不停地挥臂驱赶蚊子。一百二十一个包，哈哈，你比我多多了，我指着同事两条胳膊上布满的红包说。同事反击：你拉肚子刚好，就幸灾乐祸，哼，小心点吧……

雨丝袭到脸上、头发里，钻进领口的是冰凉阴潮的气息，饥饿、倦怠、疏懒，偶尔从小铺子里泼出的脏水搅扰着夜行人。夏松涛，你该悬崖勒马了！刺耳的声音，多余的眼白。你好好想想，你学了那么多、读那么多书有什么用？能换来钱吗？能换来房子吗？半年来，我俩一有口角，关丽就铁青着脸，搜出我的书包，拿走家门钥匙和我的记者证、月票，把钱夹里的钱通通抄去，一文不剩，有时把我工作用的演出票、公园证等藏起来，生怕我和什么女人一同前往。她叉着腰指着我的鼻子：你别做梦了，我让你离不成！离不成！……我走进一家超市，站在窗前，看雨水一阵紧似一阵的泼洒在硕大的玻璃上，顾客们正进进出出，身旁的水果摊上五色绚烂，大学时代文学社一帮男孩女孩在大雨里唱着歌、互相帮扶着走在田野中的记忆，电影画面似的展开在想象的屏幕上。泪像雨顺着我的脸颊尽情地流淌下来，是大学生的泪，不是现在的。美好的时光总是一去不返。我想起蒲宁小说里猎人在深夜的山口与暴风雪搏斗的场景，我清晰地记起我当时震撼的感受，那猎人贴着耳朵对冻得直打哆嗦的老马不停地喊：“走，走！只要咱俩不倒下，就豁出命来走。”我不会是那猎人，我不配，我缺乏他的勇气，我觉得我就是那匹几乎要冻毙倒下的马。

法官让我发言。我在心里说，这是第二次起诉了，你等了一百八十三天啦，早点了结，去干点正经事吧。我镇静了一下说：“我的诉讼状上都写了，关丽始终猜疑我在外面有外遇。她不仅监视我的行动，翻我的书包，查看我的信件、笔记本，还到我单位、我的朋友那去调查，她还到所谓我的相好的单位去，告人家的状，无端给人家抹黑，在人家单位给别人造成恶劣影响。关丽，你现在当着法官、当着你们单位领导的面你说一下，你到底有什么证据说我在外面有外遇？”法官说关丽，夏松涛说你怀疑他有外遇，你说说吧？关丽发言时语音含糊，她说我没猜他有外遇，那都是吵架时小两口闹着玩的话。我愤怒地截断她：那你为什么去我单位，让老孙监视我？关丽瞪我一眼，低声哼道：这个老孙，让他别说，怎么搞的？关丽忽然抬头问我，你说我到别人单位胡闹，我到谁单位胡闹啦，你说出名字来？我听出这是激将法，我不想把佟英华再扯进来，已经给人家添了不少麻烦，就没接茬儿。关丽说你不能胡乱栽赃。她跷起腿晃着，显出有几分得意。

法官说了些类似调解的话，很显然，他在作最后的努力，也可能是一种程序，然后问，夏松涛你还坚持离婚吗？我说，我这是第二次起诉了，你们也调解过了，说实在的我因为有小孩也不想离，我为此已经忍辱负重，分居后我回去复合了，我对关丽做了思想工作，劝她打消怀疑，踏踏实实地过日子，但事实证明还是不行，所以又有第二次分居。我没有任何对不起家庭的举动，我相信你们也调查了解了，我也曾幻想挽救我们的婚姻，我觉得该说的话我都说了，但是换来的是她的变本加厉。我觉得我再怎么努力也不可能彻底打消她的猜疑。我现在身心疲惫，工作、生活都受到很大影响，晚上都不能睡个踏实觉，头脑常常昏昏沉沉。长此以往，这根本就不是人过的日子。所以我坚决要求离婚。法官说，关丽的态度？关丽说，吵架是小两口常有的事儿，他根本不讲理，他们家老太太还打过我。我原先还考虑过离婚呢，但我想到我们有孩子，而且我们俩破烂小屋都住过，夏天到处漏雨，那苦就别提了，现在条件好了，有点小矛盾算什么呀！我现在身体有病，但为了孩子，我不同意离婚。

判决书是一周后寄到的，寄到报社。人事处长还专门跑到副刊部门口对我说了句“注意看啊”。同屋的两位大姐冲我笑。

我急忙拆开信，先看最后，上面写道：

驳回夏松涛的诉讼请求，不准离婚。

我匆匆瞥了一眼内容，说我与被告婚前感情较好，系自由恋爱，自主结婚。婚后因脾气性格不合，常为生活琐事发生争吵。法院认为，关系不睦主要是由于彼此缺乏理解，遇事不能正确对待、妥善解决所致。只要双方相互信任，相互帮助，遇事互谅互让，夫妻关系是能够恢复如初的。

无缘无故发了两天烧，已经是秋季，应该不是贪凉。邻居们在走廊上聊着公园和红叶，孩子们跑来跑去，显得比平日里更兴奋。我躺在床上昏昏沉沉，一阵清醒一阵迷糊。母亲每天跑几趟宿舍看我，用凉毛巾敷脑门，又倒水看我吃药。母亲说，你心要宽一点，没什么过不去的坎。我说您放心吧，我没事。

第三天，烧基本退了，人还发虚，脑袋蒙蒙的，走起路来脚底没根。下午睡了一觉，起来照照镜子，镜里那人脸色虚黄，竟出了眼袋，嘴唇干燥，下巴和两腮挂满胡须，头发支棱巴翘早没了形。我到盥洗室洗了把脸，锁上门，准备去理发、刮胡子。我知道小区西面平房一带的两个理发店，先到常去的一家，隔着玻璃见客人多，转身去另一家。进门，光线较暗，见一个小伙子靠门而坐，店内没有客人，两个女子中的一位起身问，洗头？我说理发。她示意我在椅子上坐下，系好围布剪起来。这家店我从未来过，客人为什么少？一般理发师都是男的，为何这里是两位女士？从她剪发的手法感觉略有些生疏，洗头的时候弄湿了我的衣领，耳朵里好像也溅了点水。吹发时，暗想下次不来了。吹完发，喷了胶，女子说大哥给你捏捏吧！手指就开始在额头、颧骨、颈部和肩部抚弄，捏了一阵，她说大哥你后背都是硬结，坐着捏不得劲，你到这边来，躺平了捏效果更好，更放松。说着就拉我往洗头池走，这时我才发现洗头池旁边的屋里摆着一张床，光线更暗。我问了价格，心想我浑身酸痛，正好按摩后背放松，五十就五十吧。在她的指挥下，我脱掉上衣，连背心也不剩，感觉她的手十分有力，比剪发似乎更熟练，话语里多了内容。一会她又要松我的腰带，把裤子往下拉，我说算了，今天就到这吧，就起来穿衣，同时想拨开她拉扯的手，忽然她向旁边跌倒，尖叫夸张刺耳。靠门而坐的小伙子此时上前揪住我的外衣说，干什么，想占便宜？我说，我不想按摩了，怎么着，还带强迫的？少废话，放下两百，你走你的！他粗壮小臂上的刺青闪着蓝光，推搡和扭拽中我觉得我病后的躯体就像河水中细长的兰草，随着他的刺青飘舞，似乎门窗的光线也都被帘子挡黑，最后我掏出一百元扔到地上。出了门奔派出所，讲述事情经过，警员登记，问了姓名身份证住址和电话，他仰着脸看我，眼神似乎还带着一点揶揄：你真是记者？他说我们还要核实，不能光听你一面之词，还要通过其他渠道了解具体情况。回宿舍照镜子，镜里那人脸上血色未褪，腮部的胡须没了，却多了一道浅白的划痕，头发依旧支棱巴翘。

开春以后，朋友邀我去电视台，帮助制作一套节目。电视台租了一所大学的体操房作为工作场所，同组的人有台里的老赵和合作方的一位年轻女士杜小芳，我们都叫她妮子。她在休息时常蹦来蹦去，口里哼着歌，天真地笑；工作时她一声不响，瞪着黑黑的、有些茫然的大眼睛听我和老赵争论。工作一阵子，妮子就逼着我和老赵趴在地毯上做俯卧撑，或者做仰卧一头起。

我刚来的时候，节目组给我安排了一张颜色暗淡的写字桌，我用它撰写了详细的拍摄计划，上面堆了一些书，是我借来写作解说词的参考资料。我在写字桌侧面贴满了各类展览和活动的广告画，显得凌乱斑驳。这是我的一个毛病。我发现，外界的各种画面、声音等常常可以激发我的创作灵感，广告画是广告人智慧的结晶，它表现了制作人的一种思路，你虽然不一定沿用它的思路，但你明白了它的思考方向，你几乎可以猜到当时制作人面临的多种选择，也许其中一种你今天就可以借鉴，甚至凌乱斑驳的画面效果也可以启发思路。杜小芳来的时候，暂

时没有桌子，老

他的桌子的主意，我就又是台里的正式职工，我们不好打行，我说。不乱，色彩明快，用一个桌子。只要你不嫌乱就时我在体操房踱步思考，或者在操，欢。她好像兴高采烈。有妮子伏在写字桌上写字，常生出一种细心工作的间隙，扭头看到觉得桌子就像一匹老马，正以它残存的辉煌和护的老人心态。我载着年轻的骑手向未来奔跑，在它上面，可以写后的气力，驮最新最美的文字……

妮子就像天空中飞来的一片云彩，淅淅沥沥地下一阵小雨，略略滋润了地皮，这朵云彩就没有影儿了。妮子二十刚出头，生活对于她可以说前景光明、一片璀璨，我从一开始就提醒自己，你比人家大十岁，你别想入非非，那样你就越界啦。有一次妮子提了一个严肃的话题：是不是结婚特别没意思？我和老赵俨然过来人的样子，这个问题深奥莫测，我俩你看我我看你，心有默契地一人一段拉开架势讲大道理，妮子不吭声。老赵问，我们妮子将来想找一个什么样的呢？一定是成功人士、白马王子吧。妮子淡淡地说，我才不会找什么成功人士呢，表面看着好像挺风光，人家肯定会想：我创业吃苦的时候，你在哪儿呢？这会儿你来吃现成的？他能对你好吗！当然，那种成天抱怨的、没本事的，肯定不是我的菜。我其实特别看好那种正在打拼的男孩，他这个时候特别需要人帮助，就像去爬山，你帮他分担了一部分装备，可能他眼下没什么成就，也没什么钱，你只要看好他的未来，这样的男人一疼你一辈子。老赵呦呵了一声：歌里怎么唱的来着拿青春赌明天，我们妮子是志存高远啊。有一次她说我离婚了，惊讶地瞪着大眼睛：“啊，你现在是单身过一会儿她嗫嚅道，人真没意思。我听老赵讲过，她朋友分手了。

二月底，节目组要去苏州拍素材。我们是烟花三月下苏州啊，我说。老赵说，按季节，再晚一点，江南更美。妮子问，花已经开了吗？老赵说，还早，烟花三月指的是阴历。到了苏州，市商委陪同我们的小庄问，晚上你们有什么安排？妮子问，能去游泳吗？小庄说，可以啊，这家饭店的游泳馆就不错。老赵说你们游吧，我约了人。妮子问我带泳衣了没，我说带了。妮子高兴得什么似的，我也带了，咱们去！

晚饭后，我们集合去游泳。从前厅穿过一条玻璃走廊就到了，我们换好衣服，进入游泳馆。馆的东边与饭店相连，透过顶部巨大玻璃窗，可以望见夜空衬托下灯火辉煌的饭店大楼的身姿，泳池边栽种着棕榈树和一些南方的树木；西面、南面可望见饭店大片的草坪，草坪灯星星点点的光错乱地映照在雾气弥漫的玻璃上。妮子四面看，说确实挺棒的。她见馆内有两片泳池区，一片是游玩区，另一片是泳道式的，就催着让小庄和我去泳道比赛。我俩下水，妮子喊“一二三”，小庄和我呼噜呼噜几乎同时到达终点，杜小芳跟着我俩绕到泳池另一边，蹦跳着喊，夏松涛一个猛子就冲过了泳池一半儿啊，太牛了。小庄说是啊，

我扎下去露出头一看，小夏还没影呢，技术够高的。我说，妮子下来游啊。妮子说你们都是高手，我不跟你们比，走，我们到那边玩去。我和小庄噱地窜上池边，三人朝游玩区走过去。妮子走我的前面，她穿了一件连体平角泳装，绛红和淡紫色的秋海棠花朵盛开其上，紧密裹住她青春期略显瘦削但已开始丰满的身体，两条光洁的长腿总让我想到仙鹤。走到一处凸出的圆形池边，妮子转身忽然拉住我的手说，咱俩一起跳？小庄装作妒忌地噘着嘴说，小芳你怎么不拉我跳啊？妮子说我就拉他，言罢我被拽进了浪花中。刚抬头，妮子嚷，小庄下来，我给你们数数，看谁憋气时间长。我和小庄相视一笑埋头入水，隐隐听见妮子瓮声瓮气的“一二三四”的声音。透过浅灰色的泳镜看水下，池底是一片粉绿色，折射着高处明亮的灯光，细长的白色波纹千变万化，再往远处是无限深邃的近于翡翠的蓝色，宛如迷离的童话世界，妮子的腹部和长腿就在我的眼前，小腿和两脚被暗流的魔手戏弄得弯来扭去。她中间转动了一次，好像有意把身体面朝我而把胯部朝向小庄。还好，小庄没戴泳镜，他看不清我，他的脸前一串一串的泡泡。我觉得还能坚持，我平时游泳横潜泳池稀松平常，此刻我肺部的压力更是完全让步于内心的渴望，我的视线怎么也无法离开妮子，每一秒钟都显得那么珍贵。当无数水花在我眼前升起时，我看到小庄猛地把头扬出水，我也跟着起身把最后一口水喷到妮子的泳帽上。妮子跳着叫：72，夏松涛 72 下！我嘿嘿了一下，我有感觉了，我要

写一首诗，我说。

第二天早晨我还在昏睡，妮子不知何时钻进我的房间，用纸片之类的东西挠我伸在被窝外的脚。我哼了一声：谁这么烦？妮子笑：快起来，我们要看诗了。餐厅里，大家见了面，寒暄一下，各自取了食品，围坐在铺着雪白餐布的餐桌前，妮子说松涛我替你抹果酱，你读诗。她从盘子里拿起面包片。我说这是格律诗，七律,《游泳池》。我念——

坚壁明馨细浪平，绝堪峰谷瞬间生。
娇容稚齿牵何虑，素面娥眉婉似情。
笑让一划成反复，懒投双臂入输赢。
弄潮谁见宣池沼，犹恋沙滩雨后晴。

老赵说，我也喜欢格律诗，但没时间写，你写得好，犹恋沙滩雨后晴那两句，既恢宏不羁，又在情理之中。小庄说，懒投双臂入输赢，一个懒字，说明小夏和我比赛是给我留面子啊。妮子拿过纸细看，素面娥眉婉似情，我喜欢这句。她又弱弱地问：娇容稚齿牵何虑怎么解释？老赵和小庄互相看看，呵呵地笑。妮子有点紧张，你们笑什么？老赵说让诗人解释解释。我说，这就是说在游泳池，如果有小孩要小心看管。老赵突然笑喷，他急忙用纸巾擦拭桌面，对不起对不起，我想起别的事了。妮子疑惑地望望这个望望那个：你们欺负我，不行，夏松涛，

你必须给我解释清楚，我不给你抹果酱了，你自己抹吧。我说妮子没骗你，真的。大家说了一会儿昨晚游泳的事，又说今天的安排和进度。妮子若有所思。我喝着咖啡，很少插言。素面娥眉婉似情，这是我昨天在游泳馆里最强烈的感受，是它命令我，你写首诗吧，也是昨夜我写作时重点想表达的。妮子在馆里，在水面上，在涌浪前，她没有化妆，哪怕很淡的妆，素面相对，她的长睫毛和泳帽边沿露出的发丝上，细密的水珠晶莹欲滴，最要紧的是她一连串毫不掩饰的举动传达出的深意。在近于翡翠般深蓝色的水下，当我和小庄憋气时，她为什么要转动一下？我可不可以看作是一种潜意识的表达？哎，她还是个孩子啊！娇容稚齿，这是我的矛盾，是我的界河，我一直提醒自己，和妮子相处不能越界，所以，拉手可以，而且我在心里只把她当作孩子那样去牵手，如此我才心安理得。

根据节目的设计，需要一段长城早晨的风光片段，组里决定去八达岭拍摄。前一天夜里，我们入驻长城脚下。第二天清晨，我们动身上山。为了加快进度，老赵带了一名摄影师，去一个方向找外景，我和妮子，还有一位摄影师到另一个方向。我们向上攀爬，东方晨曦开始出现，一道深红色的云条贯穿天际线。我们找了一处拐弯的墙垛，从这里可以俯视绵延蜿蜒的长城，我帮助摄影师安装设备，妮子忽然站在墙上大声朗诵——

太阳升起来了，黑暗留在后面。但是太阳不是我们的，太阳为什么不是我们的呢？夏松涛，你愿意嫁给我吗？

摄影师直起腰大笑：愿意！他愿意！我没有准备，有点尴尬，解嘲似的用手点着摄影师：你成了牧师，哈哈！妮子，我说你前几句是曹禺《日出》的台词，后一句是哪个电视剧里的台词？你这前后完全挨不上啊！这个……胡编我也会。我夸张地清清嗓子昂起头：朋友！你到过黄河吗？你渡过黄河吗？为什么我的眼里常含泪水，因为我对这长城爱得深沉……怎么样？快下来吧，危险。还是你能编，过来，扶朕一把，妮子咯咯地笑。我过去，转过身，妮子扶着我的肩膀跳了下来。我松了口气。晚上，我正在卫生间沐浴，灯突然啪的一下被关了，我喊：谁干的？门上的毛玻璃倏地掠过一个黑影，伴着轻灵的笑声跑了。我心里明白了，喊一声：这死妮子！

我那一段又跑报社，又去节目组，忙得很少回家吃晚饭。我常带着疲惫的状态边吃饭边听母亲絮叨，说东东这孩子各色，不怎么听话，在家经常撒欢，还怪叫，你这孩子没法管。母亲拿来一本书让我读，我翻了一遍，大意说父母离异的孩子怪叫，是心里受伤所致。好，我劝母亲，只要我在家，我一定多陪陪东东。星期天，我常和东东一起玩，给他念故事书，看漫画，带他去动物园、八达岭、海洋馆，尽量和他亲热。

东东有时候的行为的确匪夷所思。你让他怎么样他就偏不怎么样，还经常把一些莫名其妙的话挂在嘴边。我几次警告他，似乎没起作用。奶奶说，东东你别趴在地上，多脏啊，有小虫子咬屁股。东东说流氓。今天我在家吃晚饭，大家在桌边坐好，奶奶说，吃饭了，东东过来吃饭，多吃饭东东才能长成一个大小伙子。东东说骗人。我的郁闷正无处发泄，听到东东又胡说八道，扔下筷子抓起东东，扒下裤子猛拍，一掌比一掌更狠。东东用小手挡着屁股，嘴里叫别打啦，别打啦。奶奶跑到我俩中间挡着我说，你打我吧。几年来我尽量不当着东东说他母亲的坏话，今天一肚子的话就像开闸的水，一股脑都向他泼去，我问他奶奶怎么骗人了？谁是流氓？是流氓早就该关监狱了！这是不是你妈妈教的？你妈才是骗子！我为什么和你妈离婚，就是因为她老说坏话，老骗人！这回看来把儿子吓住了，他坐在那儿一声不吭，泪水含在眼眶里，咬着嘴唇，我知道这是他心里紧张的标志。我扶母亲在床边坐下，自己在地上转了好儿圈，慢慢平静下来，我给自己倒了点酒，拉儿子去卫生间重新洗了手脸，说了一些缓和的话，把电视调到儿童节目上，母亲热了饭菜，大家开始吃。

我心里难过，食物嚼在嘴里却难以下咽。有那样一个母亲，为了自己出气，让儿子今天白白挨了一顿打。骗人，流氓，这些话明显是大人教的。可怜东东小小的年纪，还要分担我的烦闷。吃完饭我又陪儿子玩了一会儿游戏机，照顾他洗了澡，他也在我身边有说有笑。我不再想别的事，心完全软下来。我以前几乎没怎么动手打他，即使打也是吓唬，雷声大雨点小地拍两下，今天却下了死力，感觉手指半天也直不起来。

到了四月底，节目组合同期限临近，我们赶制节目到夜里两点多，总算全部完成。我准备连夜赶回家。我走到学院门口，见大门锁着，看门人早已入睡，不便打搅，只得返回体操房。老赵说，咱们一块儿凑合吧。他拖了一块练功用的毯子铺在地板上，再铺好褥子，还有一件军大衣和两条毛毯，他拍着手说，愿意盖哪个随便。我去洗了手脸回来，看见他俩都躺下，中间给我留了地方，我挤进去躺下，身体接触到硬邦邦的地铺，才觉出疲乏至极。妮子躺在我的左边。自从和关丽分手后，从来没有一位女性这么近地躺在我身边。我借着窗户透过的月色窥视她，见她仰面向上，很安静，呼吸缓慢而深沉，她的刘海蓬松，睫毛翘而长，笔直的鼻梁上像绘着一条极窄的银光。我相信她还没有完全睡着，她纹丝不动的样子不正反映出她内心的紧张和警觉？也许她担心自己无法控制的淡淡香气弥漫开来，会引出我这个离异男子粗鲁的举动？我明显感到，在生活中，妮子在我和老赵这两个靠近中年的男性面前，显得自得和惬意。我条件反射似的回想和另一个女人同床而卧的无数时空，并将它与现实中的女性闪电般地排列在一起。现实中的女性伸手可触，但似雨似雾，遥不可及，理性还时时提醒自己要有分寸；意念中的女性相距虽远，但千言万语，雷霆霹雳，如在目前。生活真是讽刺。右边的老赵似已睡熟，我在朦胧的睡意中伴随着一丝渴望，渴望从左边伸来一双细长温暖的手，先是轻轻触碰我的额头，又搂在我的脑后，在我的脸颊上送来一个带着热气的吻。我希望她伏在我的颔下，我也挺起胸像雨天里护佑她的伞。而实际上我们是社会分工中的男性和女性，分别负载着各自的使命，我们彼此有所顾及又完全平行，好像人的左脚和右脚。不太长的夜里冻醒了几回，身下板硬的褥子使我无法睡踏实。右边的老赵时而对着我呼气，时而背靠着我打鼾，左边的妮子始终没什么动静，好像连身也不翻一个。迷离的晨曦中，有一阵我发现她面朝我这边，把自己裹得紧紧的，眉宇间笼罩着淡淡的阴影，沉浸在黑甜的梦乡中。我脑子昏沉沉的，却又掠过一丝自傲，我摆平身体，兄长般的豪气盈满肺腑。

听见说话，我推开压在眼睛上的毛毯，看到妮子站在那儿梳头。你的脚露在外头了，她说，一边用脚推过来我的两只脏皮鞋，我们回家吧……

任务完成，电视台与合作方设宴庆贺。在酒席上杜小芳突然端起酒杯敬我，我刚说合作愉快，只见她一扬脖，把杯中酒全部倒进嘴里，席上的人惊叫：从来没见妮子喝酒啊。我也把红酒一饮而尽，心头涌起一股热流。此刻她就像一束阳光，照进我封闭而黑暗的内在世界，照到我由于委屈、憋闷、无法排解而淤积封冻的冰川之上。饭后大伙去唱歌，合作方一位面容清秀的女主持人，大大方方走到房间中央说，我想请你们中的一位男士合唱一曲，电视台这边一片叫着“夏松涛”，我走过去，和她唱了《无言的结局》《夫妻双双把家还》。下来喝饮料，我和妮子说话，她鼓着嘴说，我不平衡，你怎么不和我唱？你点吧，我说。终于她点的歌来了，她站起来紧紧抓着我的手，把我拉到显示器前。前奏起来，是任静、付笛声的《知心爱人》：

在相对的视线里才发现

什么是缘

你是否也在等待

有一个知心爱人……

演唱中间，我偷偷看妮子，见她闭着眼，根本不看歌词，显然她对这首歌非常熟悉。她的长睫毛上似乎沾着星星点点的泪水。也许这首歌对她来说有异乎寻常的意义？也许她前次的恋情，就是因为这首歌结的缘？或者她的恋人走了以后，她就是靠这首歌度过一个个不眠之夜？不管风雨再不再来，从此不再受伤害，我的梦不再徘徊。我想起我的家境，我的现状，我曾经的那些冲动、欢欣，那些泼来的脏水、法庭上的嘴脸，一言难尽。歌曲旋律逐渐激昂，我俩的演唱运载着各自的内涵，达到了高潮。在满屋子的喝彩叫喊、敲酒瓶子声中，我在心里说，杜小芳，再见啦。妮子，你是个好姑娘，愿你的生活不像我一样陷在沼泽里，我们离得太远。你有大好青春，大把的时光，愿你能赢得属于你的爱情，我还得回到我的生活轨道，回到我的官司里。你不该承受这些，妮子，祝你好运。

躺在床上，原本想睡个午觉，但迷迷糊糊，一直没有进入真正的睡眠。电视台的项目延续了几个月，现在事情结束了，情绪却很难一下子调整过来。

和妮子分别后，我一直在想一个问题。我的处境决定了我的行为。交异性朋友就要正正经经地交，交朋友就是为了结婚，组成家庭，不能胡思乱想。近一段时间里，我也接触过几位女性，在我们独处时，但凡感觉人家并非来自“组成家庭”的热情，自己就先虚了一半，立马退却。路边说话，草里有人，总觉得旁边有人在偷听，她随时会跳出来，毕竟你还没有办完离婚手续，你还是有家室的人，她指着你说大庭广众铁证如山，你就是道德败坏。她像一个幽灵，在街头、商场、公园里、地铁上、灌木丛后、垃圾桶旁潜伏，然后如同在大杂院小窝门口那个呆傻姑娘一样，突然现身，带着僵硬的笑，指着我说些令人魂飞魄散的话。她成竹在胸，能一眼洞穿我的心思，预判我的行动，让我上天入地无所遁逃。我怕沾上污点，怕曾经反复听我抱怨的朋友和家人不再信任我、认为我清白，在一个相当长的时间内，我就是不能大大方方地追求自己的幸福，我只能违背心底的意愿，低下头去压住涌上来的热流，像杜小芳那样的机会我别说迎上前去，连看都不敢去看一眼，让它们失望地离我而去。我活该倒霉。

我把枕头挪了下位置，这样隔着宿舍窗户可以看见楼边几株高大的杨树。为了应付冬季的到来，它们集体抛掉了夏天浓重的叶子，光裸的、纷乱的树枝指向薄云的天空，只有可怜的几片黄色树叶还在风中孤零零地摇摆。我想，与我同龄的人他们结婚生子，然后专心地工作、干事业，而我的婚姻生活一塌糊涂，还要重头来过。我就像那些还在寒风中坚守的黄树叶，当所有的杨树都在准备进入冬眠时，自己还得把深秋当夏天，梦想着展示自己的色彩和青春！自己就是落后于时代的蠢货、废物，是浩瀚森林中理应被伐掉的障干。

转过山脚，突然一片跳动的白色出现在山谷密林间，轰鸣声也像把音响旋钮从微弱一下转到最强，黄果树瀑布就在眼前。我从村民的摊子上买了一根甘蔗，请人家劈好一段吸吮着，剩下的当作拐棍拄着爬上山坡。隔着稀疏的树林，可以清晰地欣赏对面的瀑布，宽阔的河水从高崖上冲下来，跌进深谷中，体态巨大的雾气一股一股弥漫到我这边来。我挑了一块干净点的石头坐下，放下甘蔗，凭着在西北采访时学的一点气功知识，闭上眼睛，调整呼吸，体验气息在五脏六腑之间的运转。算了吧，你装也没用，你还受过高等教育哪，算了吧你，我还不了解你？我观察了你一年。你们到底离了还是没离？以后在家里不该说的别说，你听清没有？我给你们单位打电话了，说你早出来了，一个多小时了，你去哪儿啦？你做过什么事你不清楚？你对得起这个家吗？你的所作所为让人恶心！我告诉你，你别做梦了你！四周的树木扭曲着，变成了无数人的脸，他们的话语嘈杂地混成一片。

坐在这片洇湿的坡地上，我开始想我的第二次起诉，想法其实是我在宿舍思考的延展。第二次起诉期间，法庭邀请了我和关丽单位的领导做工作，报社方面是人事处处长，关丽单位是采购部的主任。人事处长劝我，夫妻多交流，不要耍小孩脾气，你爱人身体不好，你们又有小孩，要慎重。采购部主任和我也谈了话，他说他劝了关丽，让她多支持你工作，听说你得了先进新闻工作者，不错嘛，关丽也挺能干的。他说单位里小两口闹意见的多了，动手打架的都有，最后都和好了。两个领导谈完话，还走到一起握握手，我注意到他们交换了一个微妙的眼神，好像达成了什么默契，彼此心照不宣。判决后，有一天关丽来看孩子，她费力地抱了一下东东，五岁的东东已经很重，但每次关丽都要抱一下。这不重要，重要的是，她抱起东东，转过身对我说，你闹半天，对我倒没什么，就是离了，我也有房子住，你怎么办？你不是还得和你弟弟挤在一个屋里吗？我没说话，当着东东，而且我俩本已无话可说，但她是什么意思？讽刺，怜悯，还是嘲笑？

关丽的话，东一句西一句，越来越让人难猜。但不管你怎么想怎么说，你走你的路，我走我的路，我也不管你怎么想，我还是要起诉，事不过三，大不了再等上一百八十三个夜晚。

几年来，我喜欢外出采访，越是地点偏僻、没人报名的任务，我越愿意去，那次去水灾区采访就是。“你们记者部应该好好反思反思，为什么采访水灾你们没一个人报名？党员呢，都干什么去了？为什么最后竟然是副刊部的人报名？人家小夏是替你们去的！你们不该检讨吗？”报社总编在全社大会上带着几分气愤地说。因为这次采访，我和同行的记者拿到了那年的优秀新闻工作者奖状。领奖那天，我在全社同事面前笑了没有？记不起来了。从心里说，我笑不出来，笑是满足的表示，笑也是给别人看的，我自己的事情太杂，剪不断理还乱，有时候哭的心都有。还是那句话，只要外出就行，就比在家待着好上一百倍，采访还能和别人交流，尤其是采访那些事业有成、意志坚定、浑身充满魅力的人。瀑布的声音真亮，真美，它们从天而降，震耳欲聋，摧枯拉朽，没什么障碍能阻挡它们。来啊！来吧！冲刷吧，猛烈冲刷吧！把那些猜疑啊，白眼啊，还有用诋毁别人来平衡自己的这一类乱七八糟的垃圾通通淹没！在哗哗的涛声中，我好像听见关丽哭喊：停了吧，停了吧。很快我就只看见关丽嘴巴在动，听不到任何内容，满耳都是惊天动地的浪涛声，那些没用的、被人们的头脑组织起来去伤害其他人的词句，被撞碎被撕烂被裹进激流，半秒之后就被冲得干干净净、无影无踪啦……

第二部

列车何时进入福建境内的，我完全没有注意到，虽然我一直盯着窗外。我想把在贵州采访的内容暂且放下，特别是把我在黄果树瀑布开始的纷乱心情尽快调整过来，以利于马上展开的在福建的采访报道。我的思绪沿着高耸险峻的山势，穿过桥梁隧道，跨过江流湖泊，飞奔在平阔舒展的绿野，忽明忽暗，迂回曲折，花费了很长很长时间，一直到车内广播到达厦门，旅客们纷纷起身收拾行李。车站内外张灯结彩，“欢迎参加中国艺术节”的标语随处可见，进入市区，气氛愈加浓烈。我找到记者下榻的饭店报到，有志愿者引领我到房间，说了许多热情的话。我洗把脸，坐在床上，深深吸口气，开始看组委会发的花花绿绿的手册和各类宣传品。

我后来多次自问，厦门之行在我的人生旅途中究竟有何意义？当然，没有厦门，就没有长沙，也没有深圳，这应该是一个紧密的链条，同时厦门、长沙、深圳，各自与北京还要画上往复的虚线。这四角关系，与我三十三岁的年龄相混合，发生了化学变化，演化出新的物质。这个物质不能够用正确、错误来划分。许多事情，我认真想过才发现，年幼时大人教我们区别好人和坏人，学校老师教我们认识正确和错误，再大时了解了历史上有两条路线的斗争，我们欣然前行，觉得一分为二乃看破宇宙万物之真理。我们在单位里振振有词地分析时事，在生活中对亲友的言行用对和不对来劝导，包括我们自己做过的每一件事也用“非黑即白”来评判。事实上，既然是化学反应，事物的内部关系就有了新的排列组合，诞生了新的物质，你尽管放开思路，想象整个反应过程中的景象吧：它们或发出光焰、或剧烈震动、或通体散热、或逐渐换色，还可能出现沉淀和烟雾，有思想、有感情的人做出的事，只比这个反应过程更复杂，怎能用二元论笼统概括、一笔带过呢？比如厦门之行就是例子，我要描述整个厦门之行，就要说黄果树瀑布，说报社，并上溯到那没完没了的官司、菊园、小窝和我的宿舍。但这并不是我坐在厦门的饭店里能够想清楚的，我当时还没看完手里一大摞花花绿绿的印刷品，就被同屋的记者拉去采访艺术节组委会的负责人了。

艺术节开幕当天，组委会为记者安排了一场舞会。晚饭后，我下到前台，问清了卡拉 OK 厅的方位赶过去。大厅里早已响起轻快的旋律，多头旋转灯发出的彩光五颜六色，在人群中晃动着。我在歌厅暗影里一个角落坐下。舞池里跳舞的人不算多，这说明舞会还没有到高潮。我很快发现，白天初识的那个《湘江日报》女记者温红正坐在我的对面，眼睛几次扫视我这个方向。她今晚将部分头发绑成一条辫向后束住，穿了件民族风的白色裙子，领口和裙边刺绣了花朵，黑色高跟鞋。她在等我邀请吗？我清楚自己的舞技水平，来舞厅我总宽慰自己说，我是来坐坐的，这次出来采访又只穿了牛仔裤和旅游鞋，与跳舞完全不搭调，还是坐着吧。舞曲进行中间，她被别人邀请跳了两支舞曲，我换了两次地方。她坐在座位上用手帕扇着风，不时往我这边看。我咬咬牙，趁播放《恋曲 1990》之机上台拿起麦克风伴唱了一阵，每次当她和舞伴经过歌台下，总是毫不掩饰地望着假装投入的我，我感到手心脚心都在出汗，她若有所思的神情令我几乎忘了一句词。从歌台跳下来，我的勇气增加了几分。曲声又开始响了，这回是慢三，我凑合可以跳。我过去邀请温红。我和你跳过吗？她问。我说，就是跳过，我也说没跳过。她笑，把饱满的胸脯贴向我，又把臂膀热乎乎地贴在我的胳膊上，我俩的视线都看着别处。中间，她对我说，一听你唱歌就是经常在外面嗨歌的。我听了有点小得意。

歌厅的人越来越多，显然有些人并不是记者。我叫上一个武汉的记者，还有温红，到院子里散步。出宾馆后门是一处园林景观，我们慢慢穿行在石桥和假山之间。转了一会儿，武汉记者问你们还往上爬吗？我俩都说不。在武汉记者最后勇登绝顶之时，站在昏暗的太湖石阴影里的我和温红已经彼此看不清五官。她掠了下头发，用手帕扇风，面部半转向虚茫，不远处的宾馆灯光映在她的鼻尖和嘴唇上形成两个晶莹的亮点。我们不知道该说什么，下一步怎么办。我脸上的毛孔在暗夜中正逐一地张开，皮肤透出热气，我感觉自己的本能正在被唤起，去迎接她的两个晶莹的亮点。等待？也许她已做好准备迎接我的被唤起？我不敢确定。在这一刻，该伸出双臂搂紧她吗？你心里难道不是这样想的吗？你不是所谓顺其自然主义者吗？我在心里又开始厮打自己，我就这么让宝贵的短暂的时光毫无结果地溜了过去，直到武汉记者在最高点上大喊一声："打倒日本帝国主义……你们看见我了吗？"一切又回到惯常的生活节奏中了。

回到房间，换了拖鞋，心绪烦乱。到卫生间，一边洗手，一边看镜子里的那个人。他一脸疲惫，嘴角往下抿着，眼神涣散而无助，鬓角处的一两根白丝在镜前灯照射下明晃晃的，无法遮蔽，就像他眼角的鱼尾纹和他唯唯诺诺的秉性一样难以掩饰，无处躲藏。我一个人，出来久了，积累的尽是些情感的东西，想交际、想交谈、想倾吐，想有点"感情互换"，也算合情合理，但又担心万一别人话里话外冷淡讥讽，哪怕表情有一点鄙夷之色，那一切将万劫不复。自己常诩是过来人，对己对事能够把握尺度、看穿精髓，但我即使看出对方有所要求，也从不敢主动上前，永远被动等待。我就是一个懦弱的人，就该被人看不起。分析归分析，嘲笑归嘲笑，心不由己、身不由己，万千的思虑被最终挤压成幻想，饭后散步时总想象着一个画面，希望自己在一条狭窄通道上猛抬头撞上期待的人，然后寒暄，找合适的地方坐一坐，慢慢聊着，再之后就“顺其自然”。我笑自己，这就像才子佳人小说里的一段情节，而且是佳人的所想所为，完全不像一个男人，也不像是在今天这样的年代。

艺术节第二天，组委会安排记者去鼓浪屿游览，各地媒体的朋友随意组合。不知从什么时候开始，只有温红跟在我的身后。我们去了东方鱼骨艺术馆、“听涛轩”钢琴博物馆，还有林巧稚纪念馆及其所在的毓园。她问我喜欢不喜欢阴天，我说喜欢。她也是。我听说她的男朋友离开了她。我想喜欢阴天也许是我们都单独生活的缘故吧。

时间还早，我们慢慢徜徉，我给温红拍照。在中华路，我说，温红你注意了没，鼓浪屿上建筑的门很有特点。温红扬了扬下巴颏儿，示意我继续。嗯，我观察了，鼓浪屿的门大体分为三类：第一种，居民住所的门，富于南国独有的美，如雕柱铁栏，又有西洋建筑的风格，比如欧洲古希腊、古罗马样式的。第二种，历史遗迹的门，有中国传统样式的，像大夫第老宅子；还有哥特式建筑，像天主堂。第三种，商业或公共设施的门，具有现代生活气息，尤其是商业建筑，有阿拉伯风格的，有法兰西风格的，门的特点概括起来就是怎么吸引人怎么来。渡口写着“观光码头”那座牌楼，也是门，街门，是鼓浪屿的迎宾门。我已经拍了不少，回去发到我的博客上。

你为什么那么注意门？温红问。登堂入室，门乃必经之处，万事万物，必得其门而后可入堂奥。明代的《园冶》一书里就特别重视门，它说要设计一个园林或院子，要先确定主体建筑的位置，大门的方向必须与主体建筑方向保持一致，符合总体布局的要求。这本书还讲，古时候，讲究站在自家门口就能欣赏田野，所以柴门受欢迎；而在城市中造屋，门的作用是为了隔绝喧哗，另外，如果大门不装门扇，则要镶嵌磨砖作为装饰，显得雅致，不装门扇的庭院要用花木掩映，看上去庭院深深。我注意了，鼓浪屿就有这样的院落。古人说，乾坤乃《易》之门，从一扇门上能看出时代更迭与户主的颓败殷实。

你讲讲为什么乾坤是《易》之门？温红歪着头看我。考我啊？这个我略微知道一些。同学们听好，我提高了一点嗓门：在《易经》里，乾卦，六个爻都是阳的，坤卦，六个爻都是阴的。像这样全阳全阴的卦，在《易经》里各只有一个，就是乾卦和坤卦。不是有盘古开天地的传说吗？盘古劈开混沌，有了天和地，就是乾坤，它们是同时出现的，也是最早出现的。它们像两扇大门一打开，才能看见里面的六十二卦，代表着宇宙万物。乾坤还像父母，巽卦、离卦、兑卦都是它们的女儿，震卦、坎卦、艮卦都是它们的儿子。在《易经》里，乾表示开门，坤表示关门，此外乾还代表高大的、圆形的、张扬的、金碧辉煌的、威严霸气的等等，坤代表矮小的、方形的、内敛的、朴实节俭的、黑灰色的、贴瓷砖的等等，你站在一扇门外，看它的装饰，是乾卦卦象强，还是坤卦卦象强，约略能断定主人的家境情况。如果理解了乾坤里包含的阴阳刚柔变化原理，接下去理解其他六十二卦就容易一些了，也就是说高人能从门上看出更多的信息。所以，门上有乾坤，乾坤是《易》之门——我拖长了“门”的尾音。

你调子蛮高咪！温红微笑着，你说乾坤是《易》之门，我借你的句式再说两个：情感是诗之门，男女是人之门。说情感是诗之门，不是说其他艺术门类不需要情感，但没有任何一个艺术门类像诗歌这样突出感情。我最欣赏的诗句有两个，一个是“可怜无定河边骨，犹是春闺梦里人”，还有一个是“晨钟云外湿”。它们组合起来就鲜明生动地体现了我对诗歌的理解。你看“梦里人”这两句，它讲的是一个男人去戍边或做苦力，他想给家庭带来收入，带回粮食。他可能在新婚时就被抓走了。而他的新婚妻子在家苦守劳作，夜夜梦想着她的爱人早日归来重温旧梦，但她不知道她的丈夫早就告别了这个世界，化为白骨了。这种对比有冷暖，有远近，有虚实，最重要的是有感情。“晨钟云外湿”，你想，如果没有想象，怎么能描绘出声音被云中的雨水浸湿了呢？更不用说“白发三千丈”“人比黄花瘦”“去留肝胆两昆仑”这些名句。所以感情和想象是诗歌的精髓，感情需要想象的炫彩，想象需要真情实感的支撑，情感是想象的骨血，而想象是情感的衣服，缺一不可。

果然是牛人！我由衷地赞叹。你再解释解释“男女是人之门”吧？

你不是在笑我咪？她瞪大眼睛看我。哪敢哪，我向来都对才女致以真挚的敬礼。我同时把右手举到太阳穴处。她把挡到眼睛的太阳帽帽檐往上抬了抬：不论在学校在报社，我都算不上才女，那我继续啊，聊天呗，聊死为止——我们长沙话叫“天就会被你聊希克”。

男人和女人，他们对生活和事情的观察和理解完全不一样。咱们用诗歌举例说吧，前一段我帮朋友编了一套书，是研究江南女性诗歌的，我看了不少清人别集。举几首印象深的：

紫玉晶莹蘸碧波，金星活眼细相摩。知君恐污生花笔，不爱微凹聚墨多。

这首诗应该是一位女子伴着一位帅哥在写字或画画。女子为他研墨。她很细心，知道帅哥不喜欢砚堂里积很多墨，会破坏笔墨的效果，她就一次加一点点水来研墨。这样的小细节和微妙的心理活动，恐怕只有女作者才能观察到并且写出来吧！再听一首——

阶草凄然绿，墙花寂寞红……（中间忘啦，最后两句是）应羡邻家乐，儿争蟋蟀笼。

这首诗蛮有意思，温红笑了一下说，它用了一种倒叙的写法。前面写草啊花啊等等，最后才向读者交代，是因为看见邻居家淘气的孩子在玩耍，自己才感觉凄然的。蟋蟀笼——哈哈，只有老杜的“稚子敲针作钓钩”可以和这个比！邻家乐、蟋蟀笼，它们反映出作者复杂细腻的心理活动，或许是一位夫人，她可能还没有自己的孩子，看见邻居的孩子，由此勾起了伤心事……这是很正常的。女生，长沙人叫妹子，和你们男的不同，男生看问题常常比较宏观，比较抽象，妹子就喜欢注意一些鸡毛蒜皮的细事，从细事来看人，特别是看男的，她们被这些小细节感染或影响，来判断生活，推想未来，无端地欣喜或悲伤。我认识一位姐姐，刚结婚不到两个月就离了，为啥子呢？因为一件细事。她有一次用墩布拖地，婆婆看见了，批评她擦地应该从屋里倒退着向外擦，而她胡乱擦，随心所欲那样。她争辩了几句，婆婆生气了，丈夫出来也说她，她一赌气就离了婚。要是你们男生，肯定觉得不至于，什么大不了的事！我问过她，她说从这件事上可以看出丈夫心里根本没有她。女人就是注意细事。温红接着又举了一个什么例子，说实话我真的没注意，我想到关丽，想起她在我母亲面前声音朗朗的指责：婚礼连一只活鸡都没吃上！婚宴的事，我从没听她抱怨过，我没想到一只活鸡在关丽心里留下那么清晰的烙印。活鸡，女人的细事。

温红继续讲述着，太阳帽帽檐下露出圆润的鼻尖和翕动的粉色嘴唇：男孩和妹子在年轻的时候，他们常常被异性的外貌所吸引，这阶段大部分是文化传承和荷尔蒙在起作用。随着年龄增长他们慢慢就会越过外貌，更注重内在的东西，性格啊，习惯啊，品行啊，而且可能学习用对方的眼光来看男人、看女人、看自己，不是有句古话吗——少年夫妻老来伴，到了老年，更多的就是人的本性决定行动。这时候他们就跨过了男女这个门槛。但是这说的是一般情况，年龄也不是绝对因素。有位作家说过，有的人很年轻就蛮晓得生活，有的人年纪很大了还很糊涂。实际上讲的就是人之门的道理。你在听我说吗？

我点点头。她笑着看我，咱没事对对子？

好，你出上联。

她：凭栏望月，云影波光天上下。

我：把酒临风，雨声岚气水中央。

她：人去也，细雨湿红袖，柳丝飞燕空画楼。

我：我来兮，明塘映绿萝，鸟迹落花满庭院。我的下联有点颓废，不如你的有词意。

我这个一半借助柳如是的词，你也不错啦，有人面桃花的意境。

她：重重叠叠，高高下下，朝朝涌起千层浪。

哎呀，叠字来啦！我得好好想想，我说。闷走了一会儿，我对：平平淡淡，去去来来，岁岁空飞万里云。

赞一个！她认真看我，你的下联意境升华了，蛮有禅意。

她：心如明镜，照影休夸城北徐。我这个上联用与城北徐公比美的典故，你晓得吧？

我：气若长虹，临枰已定江南谢。我用的是淝水之战，呵呵，有点勉强。

不过你发现没有？温红说，咱们刚说过男人和女人对事物观察不同，咱俩对对子，我说凭栏望月，你对把酒临风，典故方面，我引用的是邹忌与妻妾论美，你用的是谢安淝水之战，无形中都表现了男女思维的不同。我点头。

温红看到一家商店外面的广告牌，有了灵感：戴复古有一句诗叫“夜扣田家白板扉”，你当下联吧。嗯？还有出下联的？那我来这么一个上联：晨食猎户黄粱饭，可以吧？你就晓得吃吵！温红抿嘴乐。

我出一个，我说，我想起一篇文章，古时候到正月十五，一般人家都挂春联，有的妇女不识字，就趁夜晚偷偷到别人家的门前，撕下春联带回家贴上，称为“偷红”。我出个上联：共贺灯节偷红算谁家？温红瞥我一眼：哼，什么品位呀，那我也能对——同享烛火凿壁到我榻，用凿壁偷光的典故，但我总觉得怪怪的，你害我呢吧？干脆我出一个，上联：鼓浪屿。这不就是对地名吗？通天河？知春亭？攀枝花？我正在想，她忽然大笑起来，朗声说道：鼓浪屿，我对——夏松涛！

不行，我摇手，鼓浪屿的鼓是动词，不工。

你未必不晓得嗳？她得意扬扬地瞧着我，鼓浪屿原名叫圆仔，因为岛上有一块特别圆的礁石，经海浪不断地拍打，石头中央形成了一个空洞，海浪拍打在礁石上，就会发出像鼓一般的声响，因此才叫鼓浪屿。“所以呀，鼓是名词，那是不容置疑的。哈哈，千古绝对呀，以后可是要进教科书的啊！”

差点吧？我还不肯举白旗：夏对鼓，时令对器物？

这是宽对，可以的。她一边说一边微微点头，两只手比画着，一开始我出“高高下下”，你对“去去来来”，就蛮好嘛，当句自对联，可以放宽。像刚才的“黄粱饭”对“白板扉”，器物对饮食；还有张耒的名句“闭户独依寒蟋蟀，移床近就雨芭蕉”，蟋蟀对芭蕉，草木对虫鱼，在实词里是同类不同门，属于邻对，在对联中都是允许的……暖，奶茶店，我的最爱！你请我喝奶茶吧？她指着不远处热闹的张三疯猫式奶茶店。没问题，我俩挤到柜台前，温红要了一杯招牌猫式奶茶，我来了一杯百香果柠檬。我俩站在阴凉地慢慢品着，我见温红的杯子上有字：天涯何处无芳草，喝杯奶茶再去找。我从杯子边沿注意到她白皙的颈项被黝黑的发丝映衬着，薄薄的衬衫开领下面，胸脯动人的线条几乎使我叹息。我扪心自问，第一次婚姻中我无福消受的这种上帝的赐予，现在我有机会和权利获得了，这是不是一种深重的罪过？仔细反省内心深处关于分离的原因，至少有一项是来自那种动人的凸起的，这瞒不过我自己。但究竟是在凸起的原因上面加了灼灼逼人的离婚理由呢，还是那些理由更加深入地引出了因为缺乏凸起而压抑过久的渴望？我不能回答。性的吸引，是不会披着理论的外衣的，它直观而直接，难以掩饰，尤其是对于独居多年的人来说。阳光里的她的笑容总是那么自信那么灿烂。

下午自由活动，许多人去海边游泳。中午吃饭的时候，温红和一位女记者就很积极地发起，我自然响应。午饭后，稍事休息，大家乘车到海滩。上午灼热的阳光悄悄消融到薄云里，只有遥远的天际若有若无地抹着一笔淡蓝色。海浪有规律地层层涌来，轻如绸缎。温红的泳衣以黑色托底，上面衬着两条橘红色的弯曲线条，加强了主人修长的身形。一天下来，记者们似乎嗅出点什么，也许熟悉的人向我发问时，我不该只含糊地介绍说这是《湘江日报》的记者。我们就不打扰了，他们挤一下眼睛，微笑地走开。我们躲开浅水区嬉闹的人群，慢慢游向幽蓝。怎么样，我的喉咙有点哽咽。没事，她声音清脆。游得不错，我称赞。我在体校待过，她大声应道。我想起平时很少运动的关丽。游了一阵，停下来，脚尖已够不到沙地，我们踩着水，互相看，都不说话，又越过对方去看更远的地方。岸边的人声时断时续，四周传来哗哗的波浪声，只有我和她。水天一色，那种韵律，久违的平和与安宁，让人心头发热，而那仿佛涤清了海空中孤独和矜持心绪的无形之神，更让人肃然起敬。我嘴巴里含了半口海水，之后朝天吐去，然后再含水，再吐出去。温红仰天大笑，说往回游吧。朝岸上走的时候，我故意落后半步，看她手臂上的牛痘和披在裸露的肩背上几缕湿嗒嗒的长发。我鼓足勇气摸她的肩膀问冷不冷，触到的地方那么温热，反衬出我手指的冰凉。晚饭后，我去敲温红的门。她看看我身后：你同屋那个记者呢？是《齐鲁晚报》的吧，我还记着呢。我说，被朋友拉去打麻将了。哦，进来吧，我的室友也出去了，我去沏茶。她按我坐在床沿。端茶走过来的她，带来一股很清新的类似摩丝的味道。我想起白天，在海水里，我不小心触到了她，她却咯咯地笑。在她放下茶杯欲转身走开的瞬间我从身后抱住她，把她拉到我腿上，她闪亮的唇沿碰了下我的嘴，依稀传来酒的香气。她倚在我怀里，细长的手指柔软划过我的鬓角和胡楂子，又轻抚我的喉结。我喜欢从这里发出的声音，她说。我的腹部隐隐发痛，手绕到她背后去解胸罩的搭扣，可鼓捣了半天，仍然不得要领，引得她一边笑一边颤。我把手伸向她的裙下，她眯着眼没有拒绝，这给了我勇气，我的指尖逐渐加重了分量。她一双乌黑的眸子望着我：我们是不是应该到此为止了？她在床单上画了一条线，男女之间不光是性的享受，那当然是特别美好的，还有友谊。她挺起身，在我嘴角上重重吻一下，轻轻推开了我的手。现在不是时候，我们得慢慢来。

一早醒来，听见走廊里已有人说话走动。从窗帘后向外看去，但见绿树红顶交织，街市笼罩在薄薄的雾气里，空气中隐隐飘浮着淡淡的檀香味道。上午，参加艺术节的记者陆续离开厦门。我和几位北京的记者航班早，吃罢早餐就回房间各自收拾行李，到大厅聚齐。嘻嘻哈哈的送别人群中，我发现温红沉默寡言。她对那个侃侃而谈的北京姑娘过分的热情尤其显得不满。车子来了，有人喊。记者们哗哗地推着行李箱来到门外，商务车启动瞬间，她站在人群后面，想伸手上前来握，尽管这个动作很小，我注意到了，也许因为她和其他记者都没握手，也就站住没动。我坐进车内，后座坐了三个人，我在中间，隔着玻璃我看到窗外堆满的笑脸中间，只有她白皙的脸颊上几乎没有一丝客套的笑意，有的却是惜别和轻微的惆怅。我想探身伸出手去握，却被旁边的北京姑娘把车门关了，最后的时刻温红上前用手掌在玻璃上嘭地拍了一下。

小区门口的路像是要拓宽，门口两侧的围墙扒倒了，居民们小心翼翼地踩着木板跨过作业沟渠。干燥的浮土不时被秋风带起，遍地的落叶哗哗地移动。差不多两天了，我的眼角灼痛，眼眶发干，我知道自己一上火就往眼睛周围跑。喉咙处硬硬的一块，苦涩的味道从舌根向整个口腔内蔓延。晚饭后我回到宿舍关上门，走到桌前坐下，调开台灯，拉开抽屉，取出那个黄色塑料皮的日记本，准备写点什么。写什么呢？要说的话太多，许多面孔、许多声音、许多场景在大脑里叠映闪回，发出嘈杂的响动，它们像是一个完整复杂的机体，你只要不按程序胡乱触动一处，那些面孔啊声音啊，顿时就会全部消失在漫无边际的黑暗里。可是你一旦放下笔，那些东西又在头脑中热烘烘地滚动着，仿佛急于找个出口。我应该做点什么。我听了听窗外，似乎很静了，于是穿好衣服，想到外面去整理一下思绪。深秋的夜，很有些清冷，小区的路上已绝少行人，人家窗口高高低低的灯光，点缀在与夜色浑然一体的楼房轮廓中。我把领口扣紧，双手插在裤兜里，沿着一条曲折的小道走着。偶尔有一个哼着小曲儿、把车子骑得飞快的小伙子从身边掠过，等到哗啦哗啦的响声越来越弱，以至变为一种功能性的持续耳鸣时，深秋的寒气就变本加厉地袭来。头脑中滚动的思绪还在延续，几天前独自在郊外散步的情景浮在眼前，深秋，落叶，断流的河床，大片枯干的芦苇在风中摆动……我知道我要写什么了。回到屋里，在台灯下，我以《芦苇》为题，写道——

丹枫黄柳见深秋，乱叶洇堤锁木舟。
遍绕曲湄曾密密，未沾清露也柔柔。
蒹葭丛里栖落雁，禾黍田边隐耕牛。
摇曳难寻身倒影，夕晖蔼蔼付白头。

我在诗里塑造的形象无疑象征我自己。我辛苦操劳，忙碌奔波，到头来只有白发相随，空得怅望而已。静心而想，其实以芦苇形象对应自己，应该是在思维清醒的状态下对自己的艺术表现。我常常做一个梦，这个梦的环境和季节时常变化，但梦里面的主人公永远是一个人，就是我自己。我时常梦见自己在一个空旷的外界环境中行走，时而薄雪覆盖，时而落叶遍地，但一般都没有阳光，天总是阴的，空中有薄厚不匀的浓云，地面上随处可见鸟粪一类的东西。有一次我在类似的梦中，清晰地看到自己竟然一丝不挂。我曾经对自己的相貌和体质十分满意，甚至有时扬扬自得，此刻我第一次像看别人一样认真看自己的身体，它骨骼突出，经络明显凸起，两臂瘦长，两脚的十个指头向四外分开，仿佛打鱼的渔民，大腿根处那副男人的标志可怜兮兮地向下垂落。我当时惊讶不已，我觉得我的身体并不美观，甚至十分丑陋。我看不见自己的脸，我觉得自己的后背一定佝偻着，从远处看疲惫而衰老。

在这些梦境中，黑夜渐渐压下来，我没有目标，原来借以参照方向的远处几点模糊的灯光，过一会忽然又好像变了方向。我在四外看不见人。但这样说也并不准确，我偶尔会看到一个身影，他被雨衣之类的东西包裹着，永远看不清脸，更准确地说，他不像是一个人。他偶尔出现在我的身体侧后方，永远保持着不远不近的距离，当我感觉到后面有什么物体跟踪而转过头的时候，我却什么也看不见，这种时候我常常能听见类似脚步的声音，一两只黑色飞禽就会从我身边哇地掠过。他是我的影子，我对自己这样说。影子总是随着光梦游，歌里就这样唱。但我第一次从内心里感到惧怕。这是一种本质性的惧怕。在我这个年龄，以我的性格，可以说我从不害怕什么。人的一生就是和各种困难做斗争，不要害怕，父亲常常这样教导我。但那个穿雨衣的人，那种总像有人跟随的感觉，成了一个摆脱不掉阴影，它开始住进我的内心。我不能无视它的存在，我感到一丝恐怖。为了摆脱这个阴影，我经常逼迫自己去想小兴安岭，想林海雪原，想自己在其中奔跑，在欢叫，或者想鼓浪屿，海阔天空，你的前途一片光明……但那个梦还是要来，那个什么古怪的物体永远保持着不远不近的距离追随在我的左右。我无能为力。长久的记忆据说会变成蛋白质，变成蛋白质的意思就是说这记忆已经变成你身体的一部分，你永远不可能再忘掉，就像你不可能挖掉你身体上的一块肉。

母亲咳嗽似乎厉害了，但没有什么痰，胸部疼痛，常伴随低烧，单位体检时发现，右肺部有阴影，体重减轻了七斤多。

八月份母亲在地区医院做了手术，术前活检为小圆细胞肿瘤。我们对小圆细胞瘤一头雾水，大家心里都在等待术后的病理检验。奇怪的是同病房和她同一天做手术的病理切片早就出来了，而她的切片迟迟出不来，我们心头偶尔掠过一丝阴云，但希望她有美好结果的主观愿望很快就把心中的雾霾清扫到一边去了。病理结果出不来，我们就先回家吃饭，等晚上赶到医院，听到了一个让我们大吃一惊的消息：母亲的肿瘤是恶性的。

我试探着问医生，有没有可能将切片搞错？过去我看过一些破案的小说，常有利用病理切片进行犯罪的例子，但医生回答是肯定的，他们说开始也不相信，经过仔细检查后才下的结论。医生说，这个瘤处于肺脏的深处，在临床上不会出现很明显的症状，所以很难被发现。他们怀疑肺部的瘤子可能是转移来的，也就是说，肺部不是原发灶。我打电话把消息告诉家里，父亲长叹一声“怎么会这样”，妹妹失声痛哭起来。五天里，母亲躯干部分做了两次 CT，腹部做了 B 超，骨盆做 X 光检查，一番折腾下来，除了肺部有多个结节，扫描未见明确的转移灶。我把肿瘤切片又送了几家大医院做了很仔细的检查，确诊是尤文氏肉瘤。

为了稳定母亲的情绪，安心治疗，我们将母亲转到另一家医院，住进一个单人间。院方也担心肺不是原发灶，医生说，尤文氏肉瘤发展很快，即可通过血液发生广泛转移，常转移至肺、肝等内脏部位。院方安排了全身伽马照相，综合其他医院检查资料，结论：骨外原发肺尤文氏瘤。医生说，只有三个月时间。医生还说，目前虽未发现有转移，但人最重要的是肺脏及心脏，属于呼吸循环的两大系统，如果癌细胞扩散将造成心脏的血液供血不足，会严重危及生命。

心里上火，白天手心老出汗。我不停地叮嘱自己不能乱，现在应把别的事放下，集中精力给母亲治病。通过朋友介绍，我在一家解放军医学院图书馆查看了相关书籍，上面说，尤文氏肉瘤恶性程度高，病程短，转移快，采用单纯的手术、放疗、单药化疗，效果均不很理想。五年生存率不超过百分之十。手术治疗的原则是完全切除肿瘤，以最大限度地达到有效的局部控制，防治和减少肿瘤的转移。化疗，一般主张三个月为一个疗程，治疗八个疗程，目前认为对尤文氏肉瘤有效的药物有长春新碱、环磷酰胺什么什么，我完全不懂，就抄在本上，拿回给医生看。

报社来了一个新社长。矮壮身材，脸膛黝黑，嘴唇更黑。大烟筒，同屋的老孙说，一天得三盒以上，比我牛。新社长曾是上级主管单位的机关党委书记，来报社后，他在总编和办公室主任的陪同下到各办公室转了一圈，发现编辑部门各房间基本上都没人，以记者部为甚。新社长大不悦：这是什么工作态度？这还像个办公的样子吗？他在走廊上就颁布了上任后的第一条命令：所有编辑记者必须来坐班。记者编辑们懒洋洋地都来了，打卡后串门聊天儿、隔着房间煲电话粥，接下去就是打牌。记者编辑们在每个房间门口都放置了文件柜挡住视线，预防新领导突击检查，只要听到推门声，大家急忙藏好扑克，拿起报纸，正襟危坐，动作娴熟无声，等转过柜子一看同是坐班人，此人会立刻被集体嘲弄，“以后进门必须报个号”，各屋立下了新规矩。半个月过去，新社长在全体大会上说，坐班实现了，报社有了新气象，但我相信大家都看到了，每个房间有了另一个变化，一进门都是黑咕隆咚一排大柜子，我想在座的人心里都清楚这些柜子是用来干什么的。哈哈哈，所有人开心地乐。又过了半个月，坐班制度通知撤销，估计新社长总算知晓了编报纸的基本知识。

开始新坐班制度后，我每天上半天班，下午请假跑医院。放心去吧，部主任拍拍我的胳膊，我跟人事部解释，照顾老娘，天经地义，你还是按照原来的规律，有你的版你来，平时忙你的去吧。我心里热，说不出话来。关丽说过，你们主任是老滑头。其实他只是善解人意。我在几个医院之间奔波，借切片，借病历，然后上班，医院，还要去大一些的菜市场买鼋鱼等补品。我每天扔在路上三个小时。母亲的病是第一位的，东东只是抽空看一看。在治疗期间，我总想让母亲心情舒畅些，怕她想起不久前发生的那场吵架，怕她惦记东东，怕她知道自己的病情后想不开。在公交车嘈杂的行进声中我告诉自己，要挺住，你不能倒下。吃饭的时候不管口味如何，只管使劲儿往嘴里填，晚上命令自己一定要睡好，在单位只要中午不累，还和同事打一场乒乓球，热热身子。我觉得自己的身体是那么忠于自己，给自己争气，那样顺从和坚强。

夏季里，焦立军再次劝我到他的公司，负责新闻中心。面对他的高薪和重任，我犹豫不定。这是家数据公司，业务主要依托网络。焦立军对我描绘了互联网的现状和前景，“以后都是互联网的天下”，他信誓旦旦，现在新闻是网络竞争的焦点，所以公司急于建立新闻中心，并且请业内人士来主持。“我可是在董事会把你夸成一朵花啊！”他说。我将信将疑。我向报社人事部试探过，停薪留职不可能，如果辞职，则意味着我要扔掉铁饭碗和我的处级干部身份。焦立军步步紧逼。你快点办，他贴近我，带来一股烟味：公司大股东是香港人，正在研究上市，你现在来，算是高级管理人员，名下有股份，一上市你的工资可就不止一万五了，嘿嘿。拖了差不多半年，我下了狠心，向报社交了辞呈。新社长打着官腔，两次强调辞职就是扔掉干部身份，让我再想想。我说我已经想好啦，他说那就办吧！我也不知为啥，站起身，立正，认认真真给社长鞠了一个躬，转身走出他的办公室……后来我听说我的部门主任追到社长那去劝，说夏松涛你不能放啊，他是副刊公认的笔杆子，社长回答缺了谁地球照样转。

我准备下海了。

我坐在报社的桌前。这张写字桌，和前两年制作电视节目时给我安排的那张样式差不多，但比那张还要陈旧，桌子侧面粘贴的展览和活动的广告画，比节目组那张桌子更加凌乱斑驳。我说过，在桌子侧面贴画是我的一个毛病。

写字桌很普通，浅黄色，上一层是三个抽屉，右边下面又是三个抽屉，左边是一个柜门，有的抽屉把手已经掉了，露出木螺丝，我用废报纸缠成一个大疙瘩。木螺丝的抽屉中有一个以前装满了书，日子久了滑道凝滞，拉抽屉仅靠手指的一点力气十分费力，我就把里面的物件换成轻一点的。桌面的漆，光亮已荡然无存，台面上有长长短短、大大小小的创痕和印记，我每到报社后，只用抹布蘸清水略加擦拭，创痕和印记对我没有丝毫影响。我伏在这张浅黄色的桌子上，写过多少读者争相传阅的明星报道、名人官司、艺坛新闻？桌子的一角常年堆着各种影视、歌舞、展览、戏剧方面的资料，印刷精美，色彩鲜艳，我不得不压上一个“资料勿动”的字条，防止同事好奇拿走。抽屉里锁着和演艺界有关的诉讼资料、演出照片、人物介绍、录音、笔记等，静静等候我去采访、核实。写字桌侧面贴满海报、宣传画，贴不下的，我就贴在附近的墙上。我坐在椅子上端详写字桌，它就像一把斑驳锈蚀的老枪，向你讲述战争年代的硝烟战火，它讲述了一个年轻记者的许多可笑幼稚的故事。我想起刚到报社时那使不完的力气和让老记者惊讶的对每件事的兴奋。已经老了，如同零件老化、千疮百孔的战车，再也开不动了。会不会再有一个毛头小伙子，像我当年一样冲入战场，杀声震天，不管前面有没有雷区和陷阱？看着写字桌四四方方、笨头笨脑的样子，我找不出答案。

除了撰写报纸需要的稿件，在这张写字桌上，我把不敢在家里写的一些心里话，在这里写，耳朵还要听着走廊里的动静，以防关丽突然闯入。更进一层，我把所有可能引发矛盾的东西，比如一些朋友的信件和开会发的礼品都锁在写字桌的柜门里。一次，一个外地的服装公司来京办展销会，先开发布会，每位记者发一件女式牛仔裤、一套女士内衣。我问能否换一套男士的服装，公司负责人苦笑说，我们只做女服，请多包涵。发布会开完之后，我在路上犹豫了很长时间，我完全能想象出，如果我把女式服装拿回家关丽疑惑的眼神。确实，我从未给她带回过服装。我最后决定，还是先回办公室，把这套衣服藏在写字桌的柜门内。随着两次分居、第一次起诉之后，一想起关丽，我脑子里就会出现一个目光犀利的女人形象，我完全猜不透她的思维，她完全有可能什么时候再次回兵杀到报社，当着众人打开柜子，翻出女性内衣，我将百口莫辩，瞬间我将遗臭万年。女性内衣，早已失去它轻盈的外形和温馨的内涵，变成一块铁、一块热土豆堵在我胸口。我思来想去，找到报社一位经常打乒乓球的小伙子，他正谈对象，我说这套服装你拿走吧，是我参加发布会发的，你看女朋友能不能穿，不合适就送别人吧……

眼下，属于我个人的物品，我已收拾完毕，剩下的画片和资料我已交付接替我的人。我轻轻抚摸写字桌的凹凸不平的桌面，像抚摸一个老朋友疤痕累累的脸。我不知道我新的工作、生活前景会怎样，但我的记者生涯从此结束，人生的道路还要继续走下去。告别了，同事们。告别了，老伙计。

香港总公司和北京公司的管理层召开会议。我介绍了新闻业务的设想。根据公司突出经济内容的总方针，我在公司新闻页面上，最后将呈现八个栏目，即特别新闻、头版头条、国际新闻、中国要闻、金融新闻、商业新闻、科技新闻和社会新闻。

为此，我把编辑分成五个组，来为八个栏目提供每日新闻。第一个组是电视新闻组，他们只录午间新闻，编辑从电视上录下节目，然后选出三至五条新闻，写题目，交给录入员录入。有重大会议时从录入组抽人加入电视组，及时编辑新闻。网络组，每天做出十条，要写出处，做标题。报纸组，每人每天从总公司传来的港台报纸中选取五条以上，重新做题目，编辑内容。英文组，每组翻译五条以上，重点要求是从美联社、路透社、CNN等西方主流媒体选择新闻。我把编辑人员分成三班制：早晨七点半到下午三点半，然后从三点半到晚上十一点，从十一点到早晨六点半。这样保证新闻的及时性。在工作中，遇到大的新闻，组长之间要及时通气，避免做重复；数据质检组增加一位检查员，专门检查新闻重复情况。新闻编辑工作初期，我和另一位副总编轮流值班，抽查质量，根据问题，隔一段时间进行一次集中点评，熟练后交给组长把关。香港方面和北京的高管们听罢十分满意。焦立军说，简直就是一个小通讯社的功能啊！

公司总部在香港，我业务的对接人叫Panda，对，就是熊猫，她见我不好意思笑出来，自己先笑，这是我的英文名，反正是给老外听的。Panda精明能干，记忆力超强，天生搞数据的料。日常情况下，我俩通过ICQ和e-mail联系。每天我要哗啦哗啦地在ICQ和e-mail上打许多字，我的汉字输入水平被迫蹭蹭地提高。每个季度公司还安排中层以上干部去香港汇报工作，连带散心旅游。

早上到公司，查完夜班记录，问了交接班情况，我坐在桌前，打开电脑，右下角光标闪动，显示有信件进来，我打开看，有一封温红的 e-mail，原来是两首诗。

《松涛赠木瓜有感》

其一

感君情义重，书案似闻花。

无以答琼玖，因惭赠木瓜。

其二

红蕊随春意，离离应在韶。

芬芳清垢秽，乃欲报琼瑶。

赠木瓜？我想起来了，在厦门的最后一天，早餐过后，我走出主楼，在院子里散步，见饭店对面的街角有一家水果店已经开门，灯光映照下的各类水果五颜六色，我难抵诱惑，就踱步过去看。南方水果我很多叫不上名，只觉满屋香气宜人，心想今日将回京，厦门之行内容丰富，让人流连忘返，欲语还休，不如买点水果留给温红，算个念想。一眼看到木瓜，好像吃过，味道甜蜜，就请店主人挑几个熟的，装好带回。到温红房间，她去吃早餐未回，同房间的女记者笑吟吟地问，要不你进来等？我说，不啦，上午的飞机，我得收拾行李，麻烦你把这水果给她。嗯？木瓜，这是什么情况啊？她眉头轻挑着问。我说我打赌输的。后面的事我就不知道了。回京后我们一直没有联系。

上班以后杂事太多，温红的诗我粗略看过后，就先放下去忙了，直到晚上才有工夫细品。《诗经》里有《木瓜》一篇，其中咏道：

> 投我以木瓜，报之以琼琚。匪报也，永以为好也！

温红显然借用了《诗经》的典故。我印象中有评论说，《诗经》的这一段与紧接着的一段“投桃报李”不同，诗歌体现了一种人与人之间的高尚情感，是爱情，也可以是友情，它看重的是意气相投、心心相印：我对他人回赠的东西，表达了对别人情意的高度珍视，两者之间难以用价值来相比，所以说“匪报也”。温红把我送她木瓜的无心之举，上升到一种特别的情愫来吟咏，真让我诚惶诚恐。我反复读了她的诗，蕴藉而深情，前后两首表达出不同的意思。

第一首，她借助了诗经的原意，但略有发挥，从她的角度说，她理解我送木瓜的深意，并且十分珍视，尽管我送此种水果并未经过特殊的挑选。

第二首的意思就比较复杂了。红蕊，既是木瓜的花色，也和温红的红字相同。随春意，说的是感情的事应该顺其自然。我对“韶”沉思了半天，韶，指季节或年龄。一、二两句的意思是不是说，温红需要修复前一段感情的创伤，然后才能进入下一个阶段？最后两句固然是一种谦词，是在反用《诗经》的原意。但如果把“清垢秽”和“报琼瑶”两相对照就使人想到，对她来说，两个相恋对象，只有完成了第一步，也就是说彻底忘掉前一个恋人，才能真诚面对后一个，而且前一个恋人对她也许伤害甚重，以至于用“垢秽”来暗示，反过来“琼瑶”则表现了她对新的恋情寄予了希望。

温红的木瓜诗，我觉得既寓意满满，又自如天然，无论选题、意象及其中的隐喻都非常完美。在厦门送木瓜，我是灵机一动，就地取材。大学时老师讲《诗经》，肯定讲过《木瓜》这篇，但我毕业后工作、结婚、生孩子、照顾老人，生活磨砺，《诗经》里就记得《关关雎鸠》、《硕鼠硕鼠》和《昔我往矣》几首了。我对木瓜实在缺乏了解，现在温红又写出两首水平不低的诗，我接不住，如果我勉强凑字应和，那样未免虚伪，写出来也一定做作。我最好的办法就是举手投降。

温红给我出了难题。离开电脑，揉着有点僵硬的脖子，我想我不仅和不上她的诗，而且我能不能符合她心中的期许，我也没有底，“琼瑶”我绝对达不到。我说过我的条件不如她，在鼓浪屿我们对对联也好，谈诗歌也罢，属于弄弄风雅，还没有触及现实生活这一层。如果她知道了我的真实全貌，我们的关系还能继续深入下去吗?

我们得慢慢来。我又想起温红在房间里摸着我的脸颊说的话，还有她从容决绝的语气。现在透过温红的两首诗，我似乎明白了这句话的意思。不管怎样，厦门一别，再无音信，现在温红的诗来了，我总不能没表示，就翻出前不久写的那首《芦苇》发给她，借以展示一下自己近来的心态。

几天里，他数次正襟危坐，试图回复温红的诗，但最终都失败了。情感和想象，诗之门也。情感，他不缺乏，但如何表达才能恰到好处，他找不到合适的意象；至于想象，他这才发现因为被禁锢太久，完全做不到自由发挥，当然更谈不上两者的结合。

好像受什么欲念的驱使，星期天，他在宿舍又拉出旧箱子，看他那些人体画。当年画这些习作，是挤在一所中学美术老师的屋里，不知为什么，现在看画上的婀娜女子，脑海里却全都是温红的形象。温红那天身上带着一股清新的摩丝味道，很显然她刚刚沐浴过。欣赏和描绘沐浴中的女人体，是他早年学画时的梦境，他的想象早已无数次地扑向了它：浴室里传来哗哗的水声，柔和的灯光和晃动的人影映在玻璃门上，他觉得心跳得让人害怕。他把洁白的画板拿在手里，出现在迎面而来的热蒸汽中——那门原来是虚掩的，女人在雾气里娇嗔了一声：真不害羞！他从这声音中听出一种期盼。他目光蒙眬地看见，晶莹的水柱被无形的魔手抚弄成起伏的旋律，一头秀发湿润地滑出道道亮光，他第一次发现水中的女人是那么可爱，像一条柔软的银鱼。

慢慢来，他明白，就是说得等待，等待上天赐予的合适的机会。大学的时候，他等待过。一次他去图书馆，一个清清净净的女生抱着书本与他擦肩而过。他胸中仿佛什么东西被惊醒了一般呆住了，但他不敢回头盯着人家看，过了一会他忽然嗅到路旁菊花的幽香。在这喧闹的城市里，在这条被剪得很整齐的冬青夹拥下的方砖小道上，第一次，他注意到这条熟悉得不能再熟悉的小道边的花香。他为自己感觉的迟钝而羞惭。他在同样的时间、同样的地点又等待了数次，那个梳着直发的女生终于没有出现。只要这个学校不取消，她将永久消失在世代更迭的学生流中，成为一个传说吧？等待是一种回忆，等待也需要勇气。不能说等待肯定被动无望，那样说是武断的。夏日里藤蔓繁茂的丝瓜秧子，眼下已枯黄焦干，在冷风里碰出金属般清脆的声响，它就像在等待云层和土地深处的消息。在冰水里游动的小水鸟，身上的颜色半黄半灰，仿佛一团弄脏的绒球，总有一天它会展开有力的翅膀向空中飞起，变成和妈妈一样美丽的黑天鹅。世间万物的某种对应变化也许是一种等待关系，因为偶然中含着必然，量变过程中会发生质变。为了允诺，他愿意等待。他还年轻，时间还允许他等待，哪怕是极其渺茫的等待。他有足够的耐心。他的眼前呈现一派北国的旷野，深秋的草甸上，枯黄的杂草丛中点缀着繁星般的黄花，几株黄栌和猩红色染就的枫树在轻微地摇动，空气中散播着果实微微发酵的味道，更远处青冷连绵的山峦倒映在近处的潭水中，显得幽深而真切。天高地阔，万象峥嵘，因缘际会，生生不息。温红，我的爱人。

焦立军有一次问我，下海后有什么感触，夏处长？我笑，我也接受一次采访吧。我说，来公司以前，我和香港人基本上没有接触，你也知道，很多人内地人特别是内地文化人看不起香港，称它文化沙漠。到公司后，特别是和Panda相处，我发现香港人有不少长处。先说一条，叫作“工作是不带感情的”：工作是生存之必须，每个人都要工作，谈不上喜欢不喜欢，拿这份薪水就要干好这份工作，这是天经地义。这初看像古人所谓“为稻粱谋”，其实香港人已经把它上升到了道德的高度。我理解其中还有一层意思是：“工作”与“感情”是两回事，在公司里老板批评你，说的是你工作中的问题，他不管你的面子和情绪，你也不应该把生活中的烦恼带到工作上，你的历史荣誉什么的更扯不上。

还有一条是直截了当。Panda最典型，她常问我：“这个事情你不能做？那要你干吗？”她的意思是，你在总编的位置上，你理所应当干好某项工作，而你没能做到，那她要找能干的人，你得准备离开公司。并且她说这句话的时候，语气平常，不是气话，好像在他们的文化中这是再自然不过的事。我来自“体制内”，一开始我对这种语气特别不习惯，特伤自尊。时间久了，我就用轮椅习以为常了。在经济领域，尤其是民营公司，效益第一，颜面、自尊能给你带来利润吗？你的成就只说明过去，你的职务只是一个基础台阶，谈任何工作我们就事论事，不扯别的。后来我也不知不觉把“那要你干吗”常挂在嘴边，来警告下属。我感觉这句话好像清凉油，对每个工作中的人都有警醒作用，让你时时刻刻调动全副聪明才智投入工作，无论你身处哪一级。

我发现，焦立军把香烟灰在烟缸里点了点，神秘兮兮地说，你精神状态好多了，那个侃侃而谈的夏松涛又回来了，不会有什么新情况吧？呵呵。

母亲面部暗黄无光，头发由原来的浓密花白变得更白，而且稀疏干燥。有时候流鼻血，血小板4万多点，医生说再低就加点药。放疗过程中胸部产生了积水。她疲劳至极，情绪极不稳定。一会儿向我发火，一会哭泣，一会短促地叹气，更多的时候她现出一种无精打采的神情，眼神忧郁，到了夜里她沉沉地睡死，直到早晨才醒，往常她很早就会起来。

母亲住的单人病房，有卫生间、沙发和彩电。下午睡完觉，我就用轮椅推她到院里的小花园，那里假山小亭，木桥流水，精巧别致。母亲兴致高起来，指指点点，我从家里拿来相机给她拍了不少张。有一次母亲说你把东东接来，我想他了。下午我把东东接到医院，见阳光还好，就和父亲一起推着母亲在小花园里慢慢走。母亲身上盖着毛毯，她眯着眼睛看着阳光下流动的池水：我生你的时候24岁，当时都忙工作啊，还犹豫要不要你，差点把你给做掉。我说，要是把我做掉了，您也看不着这个大孙子了。母亲笑，我高小毕业就当老师了，我的学生有的都比我岁数大，我觉得自己特能干，肯定有出息。我还记得我刚怀你的时候，沿着铁轨到学校去，有个小伙子追着我半天，吓得我够呛，他说你别跑，我就是想跟你处对象，我说我孩子都有了，你跟别人处对象吧。他停住说，你看上去也不像有孩子的啊……

我经常想，我是我父母的骨肉，为什么我的血液里就没有东北人那股刚勇的劲头呢？母亲有一次和邻居吵架时仰着脸说，谁能管得了我呢，我一辈子也不受窝囊气。当时让年少的我顿增景仰。在病床上，母亲聊得高兴，讲了一段往事。

老家屯子里有一个大户，他家的二儿子调皮捣蛋，一身流氓相。有一天母亲的姐姐，也就是我的大姨回家后趴在炕上哭，姥姥吓得够呛，问出了啥事。大姨哭哭啼啼，最后说那个二流子带了几个人拦着她搂腰亲嘴，还掐了这里，她指着胸部。姥姥看了，两个奶子上面都有红印。姥姥带了两个庄稼汉子从大街骂到他家门口，还把尿壶摔在他家的门墩儿上。大户人家放出狗来咬，差点伤了人。过了没几天，村里发生了一件怪事，大户人家门口围了一片蛇，村里人说有 100 多条，带头的是一条花蛇，脑袋有小碗那么大，立着身子，嘴里发出嘶嘶的响声。连续三天，大户人家出不了门。在东北，蛇、狐狸和刺猬都是仙儿，得罪不得。如果出现蛇围攻一个院子的事，乡下人就会觉得这家人缺德，得罪了仙人。最后有明白人给大户人家指了一条路，说是你家肯定藏了小蛇，所以仙家来要。大户人家满天满地地找，终于在一个柴禾垛子下面找着了一个破布包，里面包着一条小蛇，把小蛇隔着院墙扔出去，那些蛇就再也不来了。大户人家寻思：小蛇是谁放到院里的呢？问遍了家人和用人，没人承认做过这事儿。母亲在药瓶、输液架和心电监护仪之间笑得甜美，说那就是我的主意，我请几个小哥给干的，他家的浑小子欺负了我姐，我就让他家好瞧，谁也甭想欺负我家人。

医院给找了一个女护工，河南人，她和丈夫都在医院干零活。她给母亲喂饭、按摩，帮母亲解手、翻身，我要帮忙她都不让，说我自己来就行，很有经验的样子。聊天的时候她说她照顾过很多老人，知道他们的想法。母亲跟她也聊得来，说我们经常聊家乡的事儿，种麦子、掰苞米、刨土豆，好多地里的活都一样。

下午，母亲睡了一会儿。我去看她时，她半靠半坐，吃了半个苹果，好像在等我。我们聊了几句，母亲仔细看看我：你的脸色比以前好点了，你要注意休息，注意营养，不要老想官司的事，心要放宽些，唉，离了婚，东东也怪可怜的，再找个妈，不一定对东东好。

这与她之前的想法差别很大。我回想起我第一次起诉离婚时，母亲情绪激动，语气硬朗：人善被人欺，马善被人骑，你就是太老实，老受窝囊气！你别糊涂，老婆可以不是自己的老婆，妈可永远是自己的妈，关丽教唆孩子骂爸爸、骂老人，咱们家可容不下她这样的人！跟她离，怕啥呀，你还怕找不到更好的？

我说，反正东东基本都是我们这边带，有那个妈还不如没有，咱们怕啥？法律的事由它去吧，您现在主要是休养，配合治疗。

母亲说，现在我想想，那时候对关丽太挑剔，其实她还是个孩子，为个冰箱争来争去的，咱们针尖对麦芒，我还和她动过手，太不应该了。这些天我躺在床上，越想越对不起人家。你也是，两口子过日子哪有舌头不碰牙的？关丽多疑就疑去呗，身正不怕影子斜，她打听打听就知道你不是那种人，过了这阵子，她就踏踏实实过日子了，你让着她点，兴许不至于离婚。说这话时，母亲目光茫然，完全失去了她先前的果断和硬气。谈到最后，母亲说，你记住，真到了最后时刻，我不愿切开喉管，不好看。人的命归老天爷管，你们让我走就行了。母亲说她最近老梦见死去的老姐姐。

一天下午，我正在家写稿，妹妹打电话，说母亲心律有点不齐，医生来看过。晚上我跑过去看母亲，她精神还很好，她说我知道你忙，不用老跑来，我挺好的，礼拜天有空的时候把东东抱来。第二天上午，我到了医院，护工说母亲早晨吃了半根油条，喝了点小米粥。我进去时母亲半眯着眼，护工在给她按摩小腿。快十点的时候，忽然监测仪上显示母亲的心律过快，最高时到190，血压增高。母亲半闭着眼，呼吸有点短促，额头开始出汗，我问您有哪儿难受吗？她摇摇头。我们按了铃。母亲有一刻忽然睁大眼睛看我，半张着嘴，想说话，但还是没有说。值班医生进来看，吩咐马上抢救。各种指标都不好，医生护士围着床，让我们退出去。一会儿主治医生出来说，用了强心剂，不管用，是否要电击和插管？我想起母亲以前嘱咐过的话，我应该尊重她老人家的意见，我看了看一脸苍白的妹妹摇了摇头。一会医生们都出来了，主治医轻声说我们尽力了，人已经走了，请签个字。他们小心翼翼地撤下抢救设备，尽量不发出大的响动。护士开始收拾房间。妹妹进屋哭起来。给母亲擦完身子，女护工挨近我低声说，医院让你们买的寿衣贵得很，她指着门口一个中年男人说，这是我男人，让他办寿衣的事，保证经济实惠，又体面。我给她结了账，挥挥手说，这一段辛苦你了，你可以走了。我坐在椅子上，脑海里一片空无，与屋内的灯光一样惨白，我们还不知道该怎样向高血压的父亲诉说。

从告别室出来，清冷的阳光照在台阶上，亲属们默默站立，司机们已经去发动面包车，准备前往火葬场。台阶下面，两排冬青簇拥着一条小径，小径尽头靠近马路的地方已经摆放好一个陶盆，我拿过来几张冥纸，告别室的人帮我在盆里点着。跳动的火焰中，我又看到母亲望着我的双眼和她半张的嘴。一个面色红润的小姑娘，沿着铁轨蹦蹦跳跳的身影出现在我的眼前，是她从丘陵起伏、白雪皑皑的东北农村把我们带到大城市，又供我们念到大学，我想起她的倔强，她的执拗，她的慈爱，她在床前拉着我手留下的那些嘱托。这时家人用装在可乐瓶里的水替我浇熄了陶盆里的火，我按照规矩仰天大声道：妈，您辛苦了一辈子，您好好休息吧，您一路走好！接着我把陶盆举过头顶，摔向路面，碎裂的陶片、冥币的灰烬加上晶亮的水珠在冬季的寒风中四处飞溅。

车上，大家都不说话。我坐在前排，手里捧着母亲的骨灰盒，继续回想母亲在抢救时的情景，还有在告别仪式上她的面容。她的脸看上去很平静，眼角的皱纹似乎都平复了，沧桑的表情被一种镇定的神色覆盖，嘴微微张开，好像还有不少要嘱咐的话。在后座的妹妹要求父亲再量一次血压。弟弟有事中途下了车。

回到家，让父亲喝了水躺下，东东也从邻居家接了回来。我下楼回到自己的宿舍。打开门，从弟弟存放的服装货垛之间的缝隙侧着身子穿过，坐在椅子上，脑子里光影凌乱。不知过了多久，眼睛适应了屋里的光线，我发现门口地上有一封信。刚才进门的时候，因为迎着窗户的光亮，我并没有发现。我走过去拿起信打开，看出落款人是关丽。她的字比平时工整一些，可以看出她努力想把字写得好一些。

松涛：我来看东东，听说了老人的事情，我也很难过。奶奶住院期间，我有好几次想过去看望，真的，但我又担心老太太情绪不稳定，怕影响她休息和治疗，所以一直没去。现在我想，过去我和老太太吵架实在不应该，我太不懂事，他们帮助照顾东东，我应该尊重老年人，不管他们曾经说过我什么，他们都是出于好心。现在说什么都晚了。我非常后悔。人生很短暂，大家应该开开心心、健健康康地生活。就写这些吧。希望你节哀。我给东东留了点钱。

我把钱拿出来，重新找了一个信封装好，把关丽的信连信封揉成一团扔到纸篓里。送别母亲和关丽的所谓追悔实在没法联系在一起，我摸着右臂上的黑纱想，如果告别仪式上她突然出现会怎么样？母亲不欢迎她，这是明摆着的。恐怕情急之下，我会第一个冲上去指着鼻子让她滚开，也许父亲会劝阻，弟弟妹妹们将默不作声。她竟然能说出“太不懂事”那样的话，她转得倒挺快，她的转变让人感到离奇。眼下我一点也不想费脑子想她的转变。

我俩被领进一个房间。这个房间比上两次诉讼时的房子都小，里面已坐了一男一女两个人，双方的脸都撇向不同方向，可以肯定是来办离婚的。女法官解释说最近涉及婚姻的官司太多，他们基本谈完了，还有一点结尾的事情，让他们坐着，你们先办。女法官先向我询问。我的离婚态度不变：我带孩子，不要抚养费，所有财产归关丽。我说话的口气十分平静，就像一盘平淡得没有油盐、没有一丝味道的菜。表态中间，我看见旁边那个女人，斜着眼睛看着我，很轻微地哼了一声。或许在她眼里，我就是有了小三，急于甩掉糟糠之妻。咳，随她怎么想吧，各人自扫门前雪，我只想离婚，远离糟心的日子，包括结束没完没了的诉讼。

门开了，助手拿来两张纸，女法官对那一男一女说，你们都看一下，没什么问题就签字。男的拿起来很快扫了一眼，潦草地抓起笔甩了两下，然后将笔啪地扔到桌子上。女的过来签字，愣了半晌，拿笔，慢慢地写，一笔一画，眼泪滴到纸上。

关丽在我讲话中间大部分时候都低着头，她眼睛周围圈着黑，有一阵她望着我，眼皮眯了好几次，好像在努力调整焦距。女法官问她还有什么要说的，我插言说，关丽，你不是说有证据吗？你拿出来。关丽抬了一下头，嘴动了动，最后无力地摇了摇手。女法官说，你们的婚姻，夏松涛已经是第三次起诉了，事实上，你们也一直在分居状态，分居超过两年了吧？经过我们的谈话和了解，认定你们夫妻感情确已破裂，按照法律，法院支持离婚。如果都没什么意见，我们把手续办一下。助手出门去打印判决书，女法官手机铃响，对我俩说声我出去接个电话，也出了门。房间里就剩下我和关丽，空气好像凝固了，屋子显得更小。

我咳了一声，说关丽你老说有证据，法庭给你机会，给你时间，你也不说。现在官司结束了，一会就要签字了，你是不是把你的证据说出来，让我也听听，我也想知道一下。她眼睛看着别处说，我不想说，没意思，顿了下又说，给你留点面子吧。空气更凝固，我不知道该说什么，就沉默。

门吱呀一声开了，女法官拿着两页纸回来，她半个身子进了门，还回头向走廊里的人解释着什么话。她一天要应付很多官司，在婚姻诉讼中，每对夫妻的恩怨、误解、争执甚至谩骂，不知她能体会多少？她能否认真地、一个字一个字地倾听和感受每对夫妻话语中的情感成分？她是否知道，那些叙述中的每个细节，都是在夫妻双方曾经的情感被血泪浸泡、彻底伤透因而相互角力的前提下产生的？的确，她没时间，也没必要这么做。她忙得很，法庭也不是心理咨询所，法庭忙得两对夫妇离婚安排在一间房子里，谁还有工夫听你长篇大论、东拉西扯？我第一次来办离婚时，对此已经深深领教了。眼下很忙的女法官用一种如释重负、十分怪异的语气对我们说，来，我们都签个字。

我记得我们签字的时候，两个人好像都很平静，至少不像刚才在屋里的那一男一女差别那么大。走到桌前，关丽说了一声，你先签，你的字好。之所以这一点我记得清楚，是因为我当时十分惊异，她说这句话的时候，脸上现出一抹似有似无的微笑。我当时没答话，更没有回报她一个笑容，我还在想她所说的那个证据。

签完字法官还说了什么，我已经忘了，我记得我谢过女法官，就走出了屋子。我感觉像走出监狱，手里握着我自由的凭证。我像一只鸟，像一缕清风，从此不受羁绊，不受禁锢。我想高声大喊，我想撒欢奔跑，像在小兴安岭的雪地上一样，但关丽跟在我身后，这里又是严肃的法庭，我不能那么做。

我加快步子走向法院大门，我不想和关丽一起走到车站，我一分钟也不想和她待在一起。我们婚姻不到七年，中间分居两次，起诉三次，就像走过了漫长的一生。关丽走在我身后，我能听到她的脚步声。就在我几乎走出法庭大门的最后一分钟，我听到她清晰地说了一句：反正你把最好的时光给了我。

我愣了一下，脚步略有停顿，我的第一反应是想冲她大吼一声：和你相处是我人生中最黑暗的日子！再想，觉得吼叫纯属多余，现在我们在法律上已不再是夫妻，今后在我的生活中，我也不想和她有任何来往。我甚至不敢回头，害怕看见一张浮现着可怕的笑意的脸，那里面包含着千万种意思，仿佛一切尽在她的掌握之中。当我拉开法院沉重的大门的时候，可能花费百分之一秒顿了一下，我想说句再见，但我终究什么也没说，就快步下了台阶。

回程的公交车先是经过一片稀疏的树林和收割不久的麦田，接着是颐和园的围墙，镶嵌在围墙上的石块密密匝匝、难以胜数，汽车沿着高大、坚实而漫长的围墙转了很长很长时间。我想起来了，杜小芳说过类似的话。帮电视台制作节目期间，有一次她说，松涛，你这个年龄正是干事业的好时候，精力充沛，说干就干，没什么顾虑，不世故。亲爱的妮子，你说对了一半，我的年龄是处在人生最好的时段，可我都干了些什么？真的是如你所愿，大干事业了吗？远远谈不上。我的眼前又现出妮子站在长城墙垛上冲着弥漫在山谷中的淡淡晨雾大声朗诵的青春身影。和妮子分手以后，有一天，她忽然打电话到报社，说要请我吃饭，我问还有谁参加，她说就咱俩，我说是不是叫上节目组的老赵，她那边咯咯地笑：你是不是怕单独和我在一起啊？我觉得屋里的所有耳朵都竖起来在听。我当时嘟囔了一句什么我忘了，总之我找理由推掉了饭局。再以后就没有了妮子的消息。对我来说，光影陆离的社交活动早已失去它的魅力，渐渐变成遥远沙漠中的海市蜃楼。我觉得我就像一个精力充沛的运动员，蹲在起跑线上等待发令枪响，但他身后拖满了大大小小的包袱；或者像一个敢死队的战士，在冲向敌阵之前，指挥官告诉他家里着了火，眼下亲人都生死不明。

关丽说把最好的时光都给了她那句话，尽管是两人之间在情绪上的角力之词，却似乎是她几年来最清醒的一句话，其中体现了一种付出和收益的判断。从我的第一次起诉延续到今日，将近两年的时间，难道一切都是她计划之中的吗？也许从分居的那一天开始，她就在心中暗暗拟定了一个目标——拖，一定要占有我的一段时光，这段时光就是我精力和体力最好的年龄段。在摇摇晃晃的车厢内，我忽然涌起想呕吐的感觉，我把头深深埋在两腿间，避免呕吐物喷到对面的乘客身上。昏暗闷热中，我好像站在一艘正在离开小岛的帆船上，数不清的毒蛇猛兽正在一个魔头的指挥下从密林和沼泽向帆船蜂拥冲来，黑压压、蓝幽幽的一片，我挥舞臂膀大声喊叫让水手快划快划……

过了一阵，我渐渐觉得头脑里开始有了一块空地，它留给了关丽所说的证据。关丽手里攥着它，在三次诉讼中却始终没有向法官或法庭透露。我从她的闺蜜燕晓春口中，也没有听过这个细节。我并不怕关丽在法庭上拿出什么证据，相反我还有所期待，就像等着看破案剧的最后一幕。但最终她还是守口如瓶。她的理由是给我留面子，呵呵！鬼才信。我猜想，或许是她觉得大势已去、我誓不回头，或许她也觉得这个细节本身不足以作为证据。无论她心虚也好，嘴硬也罢，这个细节将留在我们两人中间，成为湮没的历史，成为永久的秘密。我抬起头深深吸口气：保不准关丽留个伏笔，是想让我从此留下一个小小的不安甚至愧疚，但那一切都是今后的事，今后的事由老天决定，眼下我要做的是，尽快把我获得解放的消息发给家里，发给朋友们，让他们分享我的喜悦。

我和焦立军约在“四月香”见面。焦立军早到了，他笑呵呵问我，大热天的，你又不吃辣的，怎么还找个四川风味的馆子？我说，这家馆子菜做得不错，我不能吃辣，你爱吃啊，我可以点不辣的。点完菜，他先给我俩倒上啤酒，高高举起酒杯：祝贺你脱离苦海，终于打赢这羊拉屎的官司！他手中的玻璃杯被餐厅顶窗投来的光线映得晶莹闪烁，瞬间里我怀疑是我瞳孔里泪光的折射。当然我相信透明发亮的更多是我的心理感受，因为两眼的泪腺早已干涸多年。我为生活里一直有忠实的朋友们相伴而庆幸。唉，焦立军饮罢杯中酒，长叹一声：你那个老婆，怎么劝都不听，撞了南墙也不回头。她根本不了解你，起初生孩子她怀疑小保姆，撕名片那事又怀疑你看上了实习生，你哪会看上这类人哪？你向往的是李清照、柳如是那样的，同气相求，诗词唱和，嘿嘿，所以你肯定觉得是奇耻大辱！明明一个干净身子，愣给说成一脏人……对不起……我实在不知道说什么好了。喝酒喝酒！都过去了！

好朋友说什么都无所谓，我理解他的意思，我觉得我们之间有一个彼此连贯的情绪通道。焦立军放下杯子，捋捋胡子说，从你的婚姻还有其他一些事，我发现我现在越来越看重一个问题，就是人性。人性就是人的本能和秉性。一个人，他的童年在什么样的环境中度过，受过什么伤害，父母、亲戚有什么挫折，或者长辈对他的未来有什么预测，这些会给他打上深刻的烙印，在他心里留一辈子，形成的人生观或个性就根深蒂固，难以改变，不管他后面受到多高的教育，做了多大的官儿。茨威格一个小说你看过吧？拿破仑手下一个高级将领，在滑铁卢战役中，在拿破仑最困难之时，这个将领曾经动过念头，过去帮皇帝一把，但是他忠于职守的本性发挥了作用，他以没接到命令为由按兵不动，他的部下要求分一部分兵去救援，也被他拒绝了，这关键的一分钟导致整个战局扭转。鲁迅写的孔乙己，虽然生活窘迫，但他仍然穿着补满补丁、脏了吧唧的长衫去咸亨酒店的柜台喝酒。都是一个德行！都是人的本性决定的。

焦立军自己倒上啤酒，然后看看手，确定手上没有沾酒，就捋下胡子说，公司原来有个组长，女孩，工作很勤奋，但是在一个项目中犯了错，经其他组长三头对案是这个人的问题，可她就是不承认。我找她谈话，她说："我怎么可能会犯错呢？我从中学开始就是优秀班干部。我做事从来都是出于公心，我问心无愧，不可能犯错误。"我后来向周围的人打听得知，她平时老说自己没缺点，是十全十美的人。你说奇怪吧？谁没有缺点呢？没缺点还叫人吗？但生活中就有这样的人。一个人小时候亲身经历过的事情给了他深刻的印象，这会培育他一种不真实的比例感，使得他对类似的事情给予过分的关注，长大以后，如果他不学点心理学，或没有明白人给他点拨，尽管他又学习了别的知识，但他只能是沿着某个既定的方向走得更远。像这个组长，可能她的长辈在她幼年时夸她比别人优秀、一定有出息，她留下深刻印象，对自我价值过分夸大，弄假成真了，而且当她发现别人指责自己、批评自己，她还觉得是人家联合起来对付她，是个阴谋，她话里话外对所有人嘲笑她没有缺点这个事还挺奇怪，想不通，好像人家嫉妒她优秀。今天的教育绝对害死人，学生从书本到书本，越是好学生越完蛋！你说我一个私企老板，我除了想办法让公司盈利，还得负责观察人性，我累不累？娘希匹，这不让抽烟，真要命……焦立军两手搓着说，和人相处久了，或者一个人落难了，他的本性就会暴露。我特爱在冬天看树，冬天的树，树叶、花朵、果实都掉光了，树干露出来，有的细密繁复，有的豪放简洁，园林工就趁冬季给树修剪，有些花木比如牡丹什么的，入冬前还要把上面的小枝、病枝剪掉，底部再培点土，但是像松柏和冬青之类的，一年四季变化也不大。冬天的树就像人的本性，什么都藏不住。男女相聚久了，相貌美不美根本不重要，最终还是骨子里的东西发挥作用，就是人的本性，像冬天里的树。

焦立军端起杯子和我碰了下，一口喝干，清清嗓子说，扯这么多的意思是想告诉你，从你叙述你的婚姻和我的观察来看，你老婆心理肯定有问题，我猜想她童年时可能受过什么伤害。焦立军说到关丽的心理，好像突然触发了我的记忆，是一件过去的事，但具体什么事我一时想不起来。此刻主要是庆祝我的解放，我要想想今后的生活、今后的路，其他的放放也罢。

我一页一页查看起诉之前我在办公室偷偷写下的一些片段，在头脑里拼凑着它们各自的原始含义，细细回想我和关丽的冲突过程。关丽在事业上是一个能人，比我一点都不差，尽管我们从事的是不同的领域。但是她在婚姻上，准确地说是在男女关系上碰了壁。在她的意识里，男女关系是这个世界上最重要的关系，她在颐和园说过，一个男人，只要他不忠于妻子，或者以关丽内心深处的原则来说，妻子认为丈夫不忠于自己、不忠于家庭，那就是万恶之源，一无是处，无论他有再多的学问、再大的光环都是胡扯。有了这个标准，以关丽的性格，接下来的目标，就是拆穿他，揭露他，这是一个做妻子的义不容辞的职责，为此她百折不挠，任何困难都不能阻挡她，没有翻不过去的山。对于关丽来说，今生从此不再有别的事情比这个事情更大。唉，可惜一个聪明人啊，完全是一条道走到黑！

我发现，在她那一方，一开始，她似乎觉得她发现了一些蛛丝马迹，她试图把这些零零散散的现象综合起来分析，以推断出一个相对符合事实的结果。这一步一直没有顺利完成，因为她没有拿到铁一般的事实，所有对我盘问、试探都被我或者轻描淡写、或者貌似义正词严地顶回去了。这对她来说难以接受。再后来，那些旷日持久、鸡零狗碎的事情实在难以归类，也暂时理不出头绪，她就凭感觉建立了一个逻辑：反正夏松涛在外面有女人！逻辑开始左右她，她坚信这个逻辑不会有错，同时她发现家庭生活已经一片狼藉，自己的形象在我夏松涛心中已经变得一文不值，她不甘于失败，可能也想看看自己的情敌究竟强在何处，她殚精竭虑，日思夜想，混乱之中把一些想象变成了事实，强安在我脑袋上，从此我的罪状越积越多，她想揭露我、达成原始目标的信念就更加迫切。

关丽认为男女关系是世界上最重要的关系，这是我推导出来的。我还能回忆出她说话时眯着眼睛望着颐和园昆明湖的神情。她当时表述的是：从男女关系上能看出一个人品德的好坏。我忽然想起我和燕晓春见面时，她讲述的关丽的一段往事。我推想的关丽对男性恶的看法，与关丽的这件往事在刹那间产生了某种联系，它们此刻就像两个线头打着火花瞬间连接在一起。科学家们说，正常人的脑细胞被开发利用的不到百分之十，其余大部分都处在休眠状态。以我的经验，我们的大脑储存了太多的东西，它们之间有复杂的逻辑关系，有的非常明显，就像很粗实的线；有的是则晦暗不清，断断续续的，它只能在某种强大的外界刺激下才能发生连接。我忘了在哪个作家的书里看到，他说童年的快乐是一种简单的堆积，把一些新的体验像擦亮的瓷片一样贴到未来将会竣工的人生楼阁上。通过关丽的事儿我想说，童年时期受到的伤害，将成为一根不能碰触的支柱，安装在他（她）未来的人生楼阁里。关丽的往事还得从另一件事说起。

燕晓春单位当年发生了一件怪事。他们单位后面有一个免费的公园，因为没有名气，平时游人不多。一天晚上，公园的保安看见通往湖中小岛的桥上有个人来回走动，像是个女的，怕她一时想不开，就一直盯着她，等了两个小时，保安实在不耐烦，见天色已晚，想上去劝她回家，谁知保安刚“嗨”了一声，那女的掉头就跑，保安觉得蹊跷边喊边追，最后截住她，带到路灯下一看，竟是个男的，查工作证，是燕晓春单位的。保安打电话让单位领人，假发、假胸和女人服饰一并交付单位保卫处。这小伙子后来在本部门做了深刻检查。此事成为当时单位里特大新闻，人人笑谈。燕晓春和关丽那时还在一个办公室，她俩中午吃饭时议论此事，燕晓春好奇地说，还不知道他穿的服装是从哪儿偷的呢！听说专门有男的偷胸罩、底裤什么的。关丽没怎么吱声，饭后散步，关丽说起小时候的一件事。燕晓春在复述时，我的脑海里就随着故事展开了一幅幅画，好像儿时看的连环画。

傍晚，还是中学生的关丽从家里出来散步。白天班里的一个男生给她写了情书，她害怕，心一直怦怦跳。放学后回到家，她马上进卫生间，把信撕碎，用马桶冲走。吃饭的时候，她心不在焉，母亲问她两次，她说没事。饭后，小区里的人都到中心广场闲逛，关丽走的这条小径靠近围墙边，十分清静，她想自己平复一下情绪。几只麻雀很低地从身边飞过去，盛夏时节的泡桐树展开庞大的树冠，围墙边低矮的灌木笼罩在浓郁的阴影中。快到楼角了，对面转过来一个男的，身材并不魁梧，全身好像佝偻着，也不抬头，关丽心提起来，停顿了一下，她的第一反应是掉头回去，但又想这是在小区里，不会出现什么情况，她就硬着头皮往前走。两人相距三步左右时，那人突然撩动短裤边缘，像早就准备好了似的从下面露出一小截东西，几乎同时，关丽看见那人抬起头，冲关丽嘿嘿笑了一下，他眉眼很重，嘴唇特别厚，鬓角和胡楂连在一起。关丽吓得一哆嗦，她发出一小声尖叫向前跑去，在经过那人身边的一瞬，那男的侧过身向关丽挺了一下小腹，更大声地笑，好像还沙哑着嗓子喊“怕什么”之类的话。关丽只顾疯跑，她觉得心快跳出嗓子眼，一直跑到家门口，她半天喘息未定，头发散乱，鞋里进了树叶什么的杂物。你看没看清露的什么？燕晓春搂着关丽的肩膀笑。太黑，也没看清楚，关丽说，哪顾得上啊？反正是男人那东西，黑黢黢的，好长时间我一想就想吐……

焦立军英明，他在酒桌上大谈人性时触发了我的记忆，应该就是关丽中学时代这件事。露阴一事肯定对她伤害不小，给她留下了阴影，以致形成某种对男人的固定看法。我对心理学没有研究，尤其是男女心理学。法国有一位女作家写的《第二性》，听说是剖析女性心理的名著，我有时间一定到图书馆借来看看。我是凭直觉。我感觉在平常日子里，关丽对男人的看法还不至于偏离大众过远，而在严重陷入烦恼、抑郁、困顿时，她无法用清醒的逻辑整理思想，她青少年时期的这个阴影就可能跳出来，牵制她，控制她，把男人想成恶魔，而且难以自拔。也可能她长大以后暗自认为：男人在一定条件下，或者到了某个年龄段，都会“用下半身思维”，那是错不了的。唉，我怎么早没想到这一层！

而在我这一方，一开始，对关丽的怀疑和盘问我不以为意，我觉得女性生来多疑，心眼小，我会以我的实际行动，我的事业成就，用事实教育她，感化她，一切将迎刃而解。但事态一步步恶化，关丽步步紧逼，进攻到我的单位、我的同学、我的朋友群里，威胁到我的人际关系，影响我的事业发展。她不仅自己乱了方寸，她还带来家庭的混乱，按照“人之门”的理论，男女关系使一个家庭的平静祥和完全改变，也完全改变了我，它使我作为一个人的名誉、品德、忠诚等等都受到质疑，甚至威胁到我的身体、我的生存。我被拖入关丽的逻辑中，在菊园，我想到过自宫，甚至想去吃安眠药，以此来向亲人、友人、世人表白，也能证明关丽是无中生有，是一切灾难的祸首。我差点那么做了。

这会儿东东完全入睡了。一个小时之前，我给他洗了手脸，用热水烫了脚，等他钻进了被窝，我说听话，自己睡啊，我去外面走走，一会儿回来，我回来你要睡着啊。我踏上五千四百二十步的行程，冬夜的北风越来越硬，把树上、建筑物上的雪粉从羽绒服的领口和下摆拼命往里灌，额头和颧骨发凉，清涕流出来，我不断加快步伐。等回到家，轻轻开了门，借着走廊的光亮看到东东的被窝动了动。可能他还没有睡着。我换了衣服，蹑手蹑脚走到写字台前，扭亮台灯，开始看书。过了一阵，我听到东东均匀的呼吸声。

最近两年里，我发现我开始喜欢冬夜。准确地说，是从我与关丽第二次分居、我开始起诉离婚开始的。我又回到结婚前居住的房间，我的宿舍，开始和单身生活一样又不一样的日子。小窝生活结束了，我不再担忧屋子漏雨的问题。冬夜，屋外寒风料峭，滴水成冰，屋内暖气把空气烤得暖烘烘的，东东已香甜入梦。菊园生活也结束了，眼下走廊里寂静无声，没有什么紧急的事情催着我，我沏上一杯红茶，从写字桌上的书垛中随意抽出一本心爱的书籍翻翻，想写什么随便写，不用担心肩膀后面突然生出一个头颅，更不会有人发出无限循环的质问，我随心所欲。我可以沉浸在古今中外的文人圈里，尤其可以亲近那些时运不济、退隐田园的高士，听他们七嘴八舌地发表见解，艳羡他们有红颜知己相随。我越发喜爱从地摊、书肆和店铺中淘来的旧书，我意趣盎然地读着那些竖排版的古人诗篇，在呼啸的北风声中时而欷歔长叹，时而拍案叫绝，更多时候我被一行行秀美的字体背后涓涓流淌的深情厚意所迷醉。当我眼睛盯着台灯的底座，掩卷回溯一个人诗风的变化是如何折射、对应主人一生的荣辱起伏时，我觉得我对诗艺的理解跃进到了一个新的境界。大杂院时代，我对关丽说过，你是现实主义，我多多少少还有点浪漫主义。一晃七年过去了，坎坷泥泞，身心交瘁，我渴望安宁。我重回情感的孤寂当中。喜欢冬夜，仿佛有点飘在浮云之上，其实在闲适和松弛之下的是一种逃避，是动物舔舐伤口般的自我疗伤，是躲进小楼成一统的、自己和自己的“围炉夜话”。比起小窝的屋顶，还有公园的长椅，冬夜的宿舍更让我松弛，更利于我思考，让我进入一种等待状态。我从大学图书馆外冬青夹拥的方砖小道开始，就在等待，两次分居还在等待，连最后的离婚诉讼，也在一次一次地等待。老同学焦立军说，现在社会上协议离婚的不少，分分钟就办完，没有谁像你这么费劲的！甚至说到远在南国的温红，我无能为力，也只能等待。与那些在冬夜里奔走、为生计而去忍受酷寒的人相比，我于今在冬夜里能不顾虑温饱，有炉可围，无人打扰，心静如水，我还有什么奢求呢？冬夜的长久和厚实让我敬畏。还在秋的盛期，我就跃跃欲试，对友人说，冬天要来了，囤几本书，回家猫冬去啦！

一只细小的飞虫在台灯下转了两圈，我挥挥手把它赶走，窗外隐隐传来一阵脚步踏雪的“咕咕”声。黑夜本身就是一幅图画，这好像是波特莱尔说的，许多人物、许多画面伴随着声响从黑夜的静水中浮现出来，清晰地排列在我眼前。

书柜里有一幅小小的油画，隔着玻璃，那里显现着一个冬日早上灰蒙蒙的乡村景色。这是我向美术学院进攻的最后时刻的作品，画的右半部画了一条冰河，冰面上有一个戴棉帽的小男孩儿回头看着，身后是一个身穿粉色棉袄、戴红领巾的小女孩，她坐在一个冰车上，两手握住铁签子跟着男孩向前滑行。画这个女孩的同时，我心里想的是谁，我记得很清楚。她冬天就爱穿一件粉色的棉袄。她和我家住对门，上小学的时候我们是一个班。不仅如此，我觉得当时画这幅油画的时候我心里有更深的近于忧伤的感情。上学前我们两家都开着大门，大人不在的时候我们互相跑进跑出，她脑后梳着两把刷子，手里总是拿着一个和脸一样红的苹果。有一次我要上厕所，刚想关门，她挤着门不让关，说我也要撒尿。我让她进来插上门，我撒尿的时候她就在旁边看，然后她用手轻轻碰一下：这里头有骨头吗？我说不知道，也许吧，应该很细很细、软骨那样的。然后她就蹲下撒尿，发出一点哨音。她拉我的手去摸她那个小包包，软软的，热热的。我洗手的时候，她说，谁也不能说啊，这是我们的秘密。我一直遵守着约定，也许我心里保存了不少秘密，长大以后我和别人说话，因为顾及太多总觉得抓不着头绪。有时候我想，我没有走上绘画的道路是我人生选择上的错误。我长久地注视这幅冬日旧作，我觉得我用形象和色调来表达我内心的淤积似乎更来得自然。我生活中密切接触的几位异性，她们或者以纯真透明的童心，或者以令人钦佩的才华，或者以奔放热情的青春，或者以独立不羁的个性，像雨后彩虹映照着我作为男性的沉睡大地，她们使我向着一个成熟男人方向发展，因而她们也就是在帮助我学会如何做一个人。如果让我用绘画来表现她们留给我的印象，我想那色彩、笔触和风格是完全不同的：有的率真，有的宁静，有的浓艳，有的强烈，给人不同层次的启迪。在这个名单中，我不想列入关丽。

我不像个男人。我像个男人吗？我让自己习惯坚忍慎独，为的是让自己对亲朋好友诉说婚史的时候可以心口一致、信誓旦旦，然而在漫长的日月里，我却几乎忘记了男人本性中阴柔的一面，几乎忘记了爱和温存，我算个男人吗？我算个完整的人吗？温红说得对，男女是人之门。在无数个宁静孤寂的深夜里，我身体的一部分那么渴求着温存，渴望着被心爱的人赞赏。它被冷落得太久，我害怕它的背叛和衰退。

一辆出租车在我面前停下来。我一边上车一边问，我要到机场接人，您能不能快点，飞机快到了。司机是一个瓜子脸的中年男人，他的运动衫上描绘了一些现代兵器。“没问题，耽误不了你的事儿。”我关好门，出租车向首都机场驶去。

上午温红给我打电话，她要到北京办事，傍晚到达。好的，我去接你，我放下电话好一阵，还觉得心怦怦跳。下午我从公司请假提前回家，我穿上一套西装，在镜子前看了看，觉得过于严肃，而且有点滑稽。这几年我去过不少地方参加论坛或会议，每次都带着西装，开会之前换上。像上台座谈那样的场合需要行头，可接温红完全没必要。我又换上一身户外的打扮，觉得过于随便，毕竟我们不是去郊游，而且我和温红的关系前景如何尚不明朗，我们还不至于熟到像家人一样。比来比去，我还是穿上了一件咖啡色的夹克，再配上一条水洗布的裤子，一双系带的栗色皮鞋。我觉得镜子里自己的打扮不温不火，属于正常的春季服装系列，并且无论面对什么样的见面结果都还能应对。瓜子脸司机沉着驾驶着，一辆一辆地超过前面的车，很快把我送到了 T3 航站楼。

我提前到了首都机场，我还需要等一小时。这不算长。我说过我愿意等待，等待消耗了能量，但绝不是毫无意义，那是冬天对春天的等待，是心里有了明确目标的等待。离开厦门已经两年多了，在这两年多里发生了太多的事情。我找了一个座位坐下来，透过硕大的玻璃窗可以看到一架架飞机正频繁地起落。候机大厅里回响着轻柔的旋律，我手中的咖啡发出若有若无的曼妙的香气。嗯，品着咖啡，这是在瑞士的少女峰下，还是在日本的北海道？或者是在江南水乡的一个胡同口，坐在晨曦中粗大的木质桌椅旁。蓝山咖啡，科纳咖啡，土耳其咖啡，卡布奇诺，拿铁还是别的？我喜欢这种带有色彩、温度和气味的等待。手里的咖啡杯有一个深色的盖子，这个盖子，你可以一会儿打开，一会儿盖上，这使事态有了一点小小的变化，好像一个等待过程结束了，而下一个等待过程又开始。一个等待过程结束了，下一个等待过程似乎包含了上一个过程的某些因素，深奥地说，它是不是一种螺旋式上升？比如我的婚姻，经过两次分居、三次诉讼，即便在法律上、在纸面上它已经结束，但它完完整整地彻底消失了吗？这不合逻辑，东东存在着，我也不是原来的我。

鼓浪屿对我来说也许是一个重要的起点，是一个等待过程的开始。我在想，我和温红的关系，就好像玻璃窗外一架起飞的飞机，它的起点和终点在哪里？至少对于目前的温红来说，北京是一个中转站，她办完事情还要回到长沙去。而我从鼓浪屿起飞，将飞到哪里？再有二十多分钟，温红的飞机就要落地了。在这两年多的时间里，我千百次地想象过和温红再次相会的情景。我们是老朋友，又像新相识，我们见面时，将用握手、拥抱还是接吻的方式？我难以确定，就像我难以确定温红此时对我的态度一样。在这二十多分钟里，我真的无法预测。我觉得还是顺其自然为好。

“国航 CA1374 次从长沙到北京的航班已经降落，请接亲友的朋友做好接机准备。”温红，我的温红，她来了。在行色匆匆的旅客中间，她那么显眼，外面是一件米色斗篷格子的呢子大衣，一条黑白相间的丝巾飘在胸前，她步履轻快地推着一件柠檬黄色的行李箱，看见挥动手臂的我，抿着嘴回了一个笑容后，快步向我跑来，我也迎上去。她快跑了几步，然后奇怪地放慢下来。慢，我理解，这一跑经过了 32 个月，1400 多公里，960 多个日夜。数字不算什么，自从去了数据公司，我开始对数字有了兴趣。数字是事实，有数字才能坚定判断。她跑到我面前，我微微张开两臂，如果可以，我自然想抱住她，把她紧紧拥在怀里，因为她清新芬芳的气息以及从机舱上捎带的余热已扑面而来，像无声的命令召唤我。就在我的手将要触到她的大衣时，她忽然半侧身，向身后指着低声说，我的同事在后面。我这时才注意到，距离她身后十几步的地方，有一位风度翩翩的男子跟着。这是我们报社记者部的，过来我给你们引荐一下，温红放开声音说。温红向我介绍了他们这次的行程。她和她的同事同机到北京，但是他们要办不同的事情。我想请他们去吃晚餐，他们说就在机场随便吃点吧，然后去酒店。我说好，我来请，谁也别争。我们来到一家意式休闲餐厅，吃饭的时候温红的话比较多，也可能是因为她同时熟悉两个之前还相互陌生的人。她的嘴唇沾着意式面的红色酱汁，更加饱满润泽。我不敢盯着温红看，她的这次北京之旅，或者说我俩将如何相处我也很难揣测。从见面的一瞬间，就在她半侧过身向我介绍她的同事开始，我的热情和希望已有所减退。我心里有准备，即使她侧过身说“这是我男朋友，你们认识一下”，我也不会惊慌失措，即使我认为这种可能性只有百分之几。温红是我的朋友，她是自由的，自由的她应该得到她自己该有的感情，我的情况我清楚，我不如她，我应该有自知之明。

温红说，西方有一种理论叫冷暴力，你听说过吗？我摇头。那我给你说说，我也是晓得点皮毛。温红从窗前走到写字台边说，我结合你的婚姻说吧。刚才你回忆了不少你上一段婚姻的事情，我觉得至少有三点可以用冷暴力的理论来解释。

第一，关丽把你把持得严严的，不许别人碰，好像你是她的一个私人物品。有没有人说这是她太爱你了，怕被别人抢跑？

有，我点点头，眼睛盯着温红手里拿着的一支酒红色的签字笔。

这不对，温红摇着签字笔说，其实你俩的关系，已经变成了一种虐待和被虐待的关系。在关丽一方，她不断地指责你、暗示你，实际上她是在支配你、控制你。你呢，会有一个变化过程，你一开始委屈，想辩解，然而她反反复复，逼得你恍恍惚惚，最后你深度懊悔，觉得你要为家庭分裂负责。

第二，你俩的谈话，她会完全不接受你的和解努力，她不理你，只按自己的方式出牌，而且你的反抗越厉害，越大发雷霆，游戏效果就越好。她不在乎用什么方法，她只是想掌控你，就像老鹰耍田鼠。

温红把签字笔放在写字台的玻璃板上，签字笔在轻微地旋转。第三，受虐者会长期陷入一种恐惧状态，他们对另一方也就是施虐者察言观色，能躲避就躲避，能退让就退让。他的人格遭到破坏，原有的自信遭到瓦解，内在的活力丧失，对生活变得麻木，他觉得自己无论在挽救家庭方面还是在事业方面都是一个废物，有的还想去自杀。

我呼吸有点急促，眼睛盯着从旋转中慢慢停住的签字笔，什么也说不出来。你还好吗？温红停下来观察我，她很细心。你的话让我想起太多的事，我低沉地说，我还是头一回听人从这样的角度看我的婚姻，而且不光从婚姻角度，还有我的为人，还有人生，我现在有个问题，为什么叫冷暴力？温红说，暴力一般指用武力攻击别人或别的国家，我理解冷暴力最主要的特征是用语言，用语言胁迫、虐待、摧残对方，而且一般对方是相识的人、亲近的人，施虐者有时用的语言貌似关心对方，这点最要命，也很难识别。温红看我不说话，她把语气尽量放缓和，嗯，我有一个闺蜜，我们在大学认识的，现在她在一家心理咨询所工作，我这点知识还是她灌给我的呢，有机会我让你见见她，你可以好好咨询一下……哎呀，说了一下午了，咱们得去填肚子、恰饭啦，温红站起身拿大衣：走，请我吃什么好吃的？在机场那顿可不算数啊！

这条美食街靠近北京的二环，毗邻使馆区，据说餐馆超过100家，24小时营业的有几十家，所以叫“小鬼市”。一片嘈杂，我只得靠近温红的耳朵大声嚷嚷：好多人骑一个多小时自行车或开车、打车到这儿等座吃饭呢！温红显得兴致勃勃，她守着一盘小龙虾，一边吃，一边说近年来的见闻。她有时剥好一只龙虾蘸了佐料递给我，而且她举着被染红的透明手套一定要看我把龙虾咬到嘴里。龙虾可以补肾抗癌、防止动脉硬化，我爱吃，她笑，我这个人就是有点矛盾，有时候喜欢那种小桥流水，有时候又喜欢这种灯红酒绿。她四外张望，似乎对食客爆棚的场面很欣喜。

我慢慢喝着扎啤，还在想她刚才酒店里的一番话。她的冷暴力理论对我产生了震撼的效果。关于我和关丽的争执，我从头到尾，从尾到头，我曾在小窝的房顶，在公园的长椅上，在N个冬夜里，想了无数遍。那些对话，那些表情和眼神，颠来倒去，我猜测，我分析，我推理判断，但我只是通过仔细回想一些经过，猜测关丽的用心以及她情绪变化的根源，我从来没有从游戏的角度、从虐待的角度考虑过两人的关系。在酒店，在对温红讲述我的婚姻时，我有不少保留，我甚至有些愧疚，毕竟在鼓浪屿，我们谈的多是诗歌，我们纵论艺术人生，我虽然在内心深处对她产生了依恋，但表面上温红只是我初识的朋友，我们的关系还没有更进一层，我不能像对焦立军那样絮叨自己的遭遇。我把自己经历的那些离奇的、远离幸福生活的事情抛给一个比自己年轻的女性，打乱她对未来的憧憬，这不合情理，或者说过于残忍。每当我在讲述中刚刚开始触及旧日的伤疤，我就马上退回来，退到平静、概括的语气中，仿佛在讲述别人的故事。我听温红讲到“虐待”这个词时，我有点儿排斥，觉得温红过于冷静，甚至冷酷。但是温红把整个事情提到虐待这一层上，仿佛穿刺一样戳到了人性的病灶。我以前也曾想到关丽中学时代碰到露阴男子的事，如此看来，这件事不仅使她埋下了对男人的误解，并且让她暗暗地、不由自主地把这种戾气转移到我的头上，转移到我们的关系中。我把关丽从疑惑，到质问，再到令人生寒的眼神串到一起，还有在大杂院撕名片，拿钥匙到佟英华家开锁，深更半夜把我拽起来谈话，在法庭上假惺惺地哭诉，一桩一件，像柳条穿蚂蚱一样联系起来，清晰见出关丽把跟我的争执逐渐转化为掌控手中的游戏思维，最突出的是她那番我让你离不成、不会让你称心如意的阴冷语气，似乎显露出她反复衡量、已成竹在胸的信心，足见她已全神贯注地投入到一种怪异的较量方式中，这种方式引起她的斗志，很可能她还乐在其中，想起来确实令人后怕。

我不好意思去酒店过夜，我不知道温红与同事还有什么工作安排，我打车把温红送到酒店门口，当她问我是否上去坐会儿喝杯茶，我权且当成了一种客套。下车前的黑暗中，我想亲她一下，她笑着向后躲：我这儿又是蒜味，又是鱼腥味，真怕破坏我的形象，呵呵，睡个好觉，明天联系。她下车，一阵风似的进了大门，大衣的下摆在她小腿后飘动。

路灯一闪一闪地从窗外掠过，白天拥堵的车流现在逐渐减少，我望着窗外缓缓移动的城市夜景，继续回想温红讲述的冷暴力。电话铃响了，是温红，先听见她那边笑，而且声音很大：到家了没有？我说还在路上，她说你能往回转，到酒店来吗？我答应了，告诉司机再返回酒店。走在酒店走廊的地毯上，我心里有一丝兴奋。温红打开门，她又半侧着身，我看到房间里她的同事笑吟吟地从沙发上站起来。温红简单说了情况。

她同事的这次北京之行，是因为报社在筹备一个网站，主要任务是做新闻信息业务，他们看到互联网的勃勃生机，虽然身为专业新闻机构，他们不缺新闻，但他们对于如何通过网站发展新闻信息业务并不了解。温红的同事到北京来，一是考察商业网站，就新闻业务方面做一些咨询；二是看是否有合作机会。在北京，他去了一家事先联系好的商业网站，但谈得并不理想。温红了解情况后，想起了我，她对同事介绍了我的情况，因为我所在的公司有香港背景，而在网站上体现的新闻信息风格与其他网站也不太相同，温红希望我介绍一下我们公司的情况。

那天晚上我们谈到一点多。我介绍了我到了这家公司之后，创建新闻信息中心的模式、安排人员培训和坐班制度等情况。温红二人听了非常感兴趣。第二天，我邀请他们到公司参观，我们公司与《湘江日报》也谈了深层次、多侧面业务合作的意向。温红还建议她的同事，回去给报社汇报北京之行的同时，看是否有可能请我去长沙，到报社给网站筹备组成员做一个小型的讲座。

我说温红你可真能抓人呢，这就给我安排活儿啦?

温红冲我眯了一只眼，笑得格外开心。

中午，温红二人坚持要请我吃饭，我们一起去了公司附近的安徽菜馆。吃完饭，服务员端上果盘，温红的同事擦着嘴说，下午约了一位你们北京的朋友，我先告辞。送了他，我说温红，你下午有什么安排?温红看着我说，我的事儿都办完了，我到北京了，我就把我交给你，你让我去哪儿我就去哪儿。

自从在机场见到她，想给她一个拥抱开始，还有昨天从酒店的走廊进入房间，想获得意外之喜，这些念头都落空了，我好像不敢再有什么奢求。我说，我知道一个茶社，曲水流觞的，环境挺幽静，咱们去坐坐？温红说咱们直接回酒店吧，我那里要茶叶要什么都有，说话也方便。进了酒店，我走进商务中心，温红跟在后面不吭声。我看来看去，为温红买了一只毛绒哈士奇公仔狗抱枕，我说温红你到北京来，我也没给你礼物，这个，送给你。她接过来，脸色微红。我还想再看看其他的，温红左手抱着公仔狗，右手拉一下我的袖子说，什么也别买了。那种语气，那种姿势，就像是我的妻子。很长时间，我已经没有这个感觉了。进了房间，温红靠着门，目光有点凝滞，好像浑身无力，我想过去帮她把大衣脱下来，她突然抱住我，雨点般的吻落在我脸上，我快喘不过气了。

他把写字台上的文具用品、服务指南什么的码在别处，铺上一张报纸，拿一个坐垫倚住墙，再把干净的被子铺在上面，她从浴室出来，好奇地看他做这些事情。他扶她坐在被子上面，褪去她的浴袍，极其轻柔地亲下去。在机场，她的嘴唇沾上了意式面的红色酱汁，那一刻他就想上前把那点红汁连同湿润的双唇一起含在口中，用力吸吮。屋内温度适宜，淡粉色的壁纸使人绵软，耳鼓内嗡嗡地回旋着奇怪的噪声。有时他会倏地感到一阵来自幽暗深处的强劲有力的抽搐，它触电般地向头和四肢辐射，仿佛神灵终于脱出了皮囊的束缚跃然而去，汇入星光无垠的天宇中。然后两人就红着脸争论，到底一开始是谁主动，比如对对子假借“偷红”的典故就是图谋不轨，还有送木瓜而不是梨，总之事实证明你就是有预谋的。最后还是他先讨饶，好，我欠你的，我现在给你赔礼，赔礼，赔礼。

温红你不会神经吧？我盯着温红瞳孔里的自己说，我看过一本相面的书，说像你这样牙齿细密的女生容易为爱疯狂，要是真的，我就惨了，我才出虎穴，又入狼窝了。我觉得我还行吧，温红笑，为爱疯狂我还不至于，但是哪个女生不希望得到全心全意的爱呢？你要不喜欢我，你就明确地说，我会离开，人生有很多重要的事情要干呢，我觉得男女间有没有缘分是命中注定的。

晚上，我洗完上床，听了一会歌曲，有电话打来，是温红。电话那边先传来笑声：你要睡觉了吗？我说，正准备呢。温红说，我有版，上夜班，没事，办公室里就我一人，想你了，你必须陪我说话。哈，你闲得没事，你就折磨我是吧，小心总机偷听，我笑。温红说，那我说你听。好吧，欠你的。

那天夜里，你走以后，半夜里我醒了，我听见写字台的那个石英钟发出的响声，特有力量，那么有节奏，一下一下，就想起我们在一起的时光，每一分每一秒。我现在一想起来心里就发热。我觉得头有点发晕，嗓子干，我就起来去给自己倒了杯水喝。我到卫生间，冲了一次澡，然后在镜子前看自己。我以前老担心自己发胖，前几天朋友聚会，闺蜜搂着我的腰，贴着我的耳根说要找什么样的她一定帮忙，“我要是个男的就死追你，瞧这屁股，绝对是好老婆的材料”。她拍得啪啪响。我当时心情不是太好，我就摇摇头，没说什么。我偷偷看一眼在另一间房子里抽烟的男士，他们老是那么开心，大声地笑。我对自己说，在这个社会上，归根结底我们女人还是要自己做好自己。“我只想有你们这些好朋友。”我当时拥着几位闺蜜说。“对，我们不要他们！”我们突然一起大笑，引得男士们挤在门口瞪着眼睛，“这么高兴，什么事？”哈哈。你没睡着吧？没有。好，我接着说啊。

单位人事部的同事，好心为我去相识中心登记，我当时不以为然，我觉得自己还不至于与那些人为伍，我不想看见工作人员从冰冷冷的电脑资料中查出同样的冰冷冷的一个陌生人，然后他们安排我和他生硬地见面，互相盘问生活的硬件。碍于面子，我也参加过相亲活动，我见的第一个人是一个什么单位的主任，他见面后非得要请我吃饭。一瓶啤酒下肚后，他红着脸一下子抓住我拿筷子的手啜泣起来，说自己如何难以抑制对我的好感，如何如何在年轻时候，一心一意投身祖国建设而忽略了家庭建设，如今大梦初醒，愿意与我重建人间最真挚美好的关系之类。你们男人活得太压抑、太面具化，而中国的女人又何尝不压抑呢？人为什么要结婚？从传承意义上说，我老有这么一个想象：男人就像一把钥匙，女人则像门上的一只锁，一个男人找到一个属于他的女人，就像一把钥匙只能开一只锁，只有打开这扇门，才能见到他们的孩子。昨天我做了一个梦，特奇怪，我跟你说说。我和你一起到野外，山花点点，远处群山如画，空气特别清新。我听你说话，后来我看见那个山路出现一个断头，再往前就是峭壁，下面是一潭湖水，我就告诉你小心点别往前走了，可你好像什么也没听见，继续往前走，那么从容不迫，说话还是那样涛涛不绝的，然后你一下就消失了！我就使劲喊你，我的声音冲到对面的悬崖上，回声特别大。我到悬崖边，看见你的头发和眼镜最后闪了一下光，就沉到那个潭里了，可是水面上波平如镜，好像什么都没发生过，几只老鹰在空中盘旋。我醒了坐那愣半天，这个梦预示着什么呢？不会是预示咱俩相处的结果吧？当局者迷。好吧，不说啦，你快来，你快点到长沙来，嗯，我想你。我要到北京出差就去找你。喂？喂！你睡着了吗？

中午吃完饭，跟公司同事在院里散步，接到一个奇怪的电话，耳机里一个沙哑粗厚的男声说，你是夏松涛吗？我问，你是谁？他没回答，接着问你认识温红吗？我弄不清他的用意，含糊地回答，知道，你是谁？他却用一种奇怪的口气说，我送你一句忠告，你要真喜欢她，就要采取行动。我就问，你能不能告诉我你的名字？那边回答：没这个必要。我听到这个不礼貌的回答开始反感，就说，那我有什么必要听你什么忠告呢？

我和温红有什么关系和你有关吗？对方说，那就没什么可谈的了。我马上答道：本来我们就没什么可谈的。双方就挂断了电话。

这个突如其来的电话，还有那个阴阳怪气的声音，使我心里烦躁不安，思维笼罩在一片阴霾中。这个男人也许是温红的前男友？我分析他是风闻我和温红相处的消息后，想促成此事圆满结尾，以减轻自己的负罪感。因为听说是他先劈腿。但也许是温红想加快事情的进展，找人说情吗？看来不像。从整个事情来看，是我比较主动，温红了解我的情况，本身还有点犹豫，她没有必要这么做。那么是不是温红的一位追求者？当听到温红有新男友的消息后受到刺激，用打匿名电话的形式来发泄心中的郁闷？从他阴阳怪气的声调上看也有可能。或许是温红的父亲或者长辈？他们疼爱温红，从一些蛛丝马迹上得出温红有了新爱，想推动进程、巩固成果？那样的话就糟了，我的回答太生硬，会给人留下粗俗的印象。

下午继续查资料，准备课件。心绪依然平静不下来，一半脑子还在想中午的事。手机振动了，我一看，正是温红，我赶快跑到茶室回电话。温红问我，来长沙讲课的事没有变化吧？我说没有，我这有件事正要告诉你呢！我向她简述了一下中午接到奇怪电话的内容，问她猜是谁，她那边出现了沉默，在问过我那个男人的声音特点之后，她说我知道是谁了。我说，如果你不想说我也不问，但这事儿挺奇怪的，他怎么会知道我的名字和单位的电话呢？她说，我再了解了解，就挂了。在电话里她可能不便详谈，我想，下次见面我要提出这点，如果她主动说清楚，我们一致对外，否则，想想看吧，我们关系的进展，我们的隐私，竟然掌握在一个陌生人手中，有点让人害怕。

一早，温红跑过来按门铃。她打开带来的纸袋说，因为我不知道你带的西装颜色，所以我买了三条领带，一条深色的，一条浅色的，还有一条灰色条纹的。她一边从包装盒里抽出领带，一边叙述：深灰或灰黑色西服，应该穿白色为主的淡色衬衫，可以配各种色彩的深色领带；如果穿深色衬衫，领带一定要是浅色的；如果穿暗蓝色西服、白色和浅蓝色的衬衫，可以配青、蓝等冷色系带有灰度的领带，一般来说衬衫的颜色应该与领带上的次要颜色有一种呼应。在浴室里，她要过电须刀，小心翼翼地凑到我脸前为我刮胡子，每当我的手不老实，她就警告说，别动，举起手来。她看看我的洗面奶说，时间太长啦，我给你买一套男士的。

到餐厅，她自自然然地帮我抹果酱，一瞬间我想起妮子，不知为何我眼眶有点潮湿，赶紧转脸看窗外挺拔的竹林。

昨晚我的飞机到长沙，温红和报社网站筹备办主任接到我，吃过饭，又送我到饭店，安顿好之后，主任问温红：你们再聊会？温红说，刚才该聊的都聊啦，让小夏早点休息。主任对我说，好，那明天早晨让温红过来陪你吃早餐，我到会场去。他们一起走了。我冲澡时想，温红做得很体面。

从餐厅回到房间，温红和我一起整理讲课要带的物品：手机、笔记本电脑、电源线、工作日记本、签字笔、新闻数据中心的一些管理文件等等，她俯身靠近我的时候，我再次闻到她身上芬芳的气味，就像在首都机场她向我跑来的时候。她为我扣好衬衫领口的纽扣，把衬衫塞进腰带里，又拿来新领带，挑出一条仔细帮我系好，再穿上西装，前后转着圈看一遍，然后拍拍我的胸脯说，放心，没问题，你保证可以啊！

讲座安排在上午，一个大会议室里，我登上讲台往下看，约莫有四五十人。讲座开始后，主持人把我的情况介绍了一下，特别强调了我摔掉铁饭碗下海的经历。然后我就开讲，我信心尚足，好歹事先反复修改了课件。

我从两个层面与报社相关的人员进行了交流。首先，是通过我在公司掌管新闻数据中心总结出的商业网站新闻的特色。第二个层面，是我对未来网络新闻信息业务发展趋势的观察。关于商业网站新闻的特色，我强调了我们公司海外信息的强势，我描述了香港总公司人员如何为内地挑选港澳地区媒体新闻的复杂工作流程。我认为，这些优势是其他公司尤其是内地的新闻媒体网站不具备的。其次是北京编辑的工作，每条新闻都要参考多家媒体的报道，同时在时间允许的情况下，尽可能参考新闻跟帖和主要论坛的反应，作为本条新闻的补充和反响重新编写。我说像《湘江日报》，你们依托记者队伍，每天可能生产一百条新闻，观照的是本地的动态，而我们作为一个商业网站，我们是以海峡两岸暨香港、澳门为基点，观照的是全球的动态。我知道在西方新闻传播理论中，特别强调媒体的读者群，比如《湘江日报》，主要是为湖南省的读者服务的，而我们商业网站面对的读者是不分地域的，也没有办法分，我们只重视事件本身的意义和影响。出发点和读者群都不一样，新闻的呈现面貌肯定不同。

第二个层面，也就是关于未来新闻业务的发展。我举了个例子，因为这个例子本身对我自己触动很大。我接触过一位外国记者，他在中国多年，他说中国的媒体很多是报喜不报忧。同一件事情，如果是中国媒体报道，就写它如何成功。而如果是外国媒体报道的话，他们主要会写这个事情还存在哪些问题，并且试图分析这些问题的形成原因。在互联网时代，由于网络的快速普及，尤其商业网站对新闻信息的介入，对同一个事件，即使传统媒体回避问题，网站上仍会把问题揭出来，当然由于网站的编辑或论坛的网民基本上没有受过专业新闻训练，他们对问题的揭示可能是片面的、碎片的，但我们必须看到，这是一个趋势。我们的未来是年轻人的，现在网民基本是年轻人，他们希望得到更真实、更快捷、更全面的信息。在这里，新闻的概念发生了微妙的转化，新闻变成了信息，它给人们带来选择的能力和理性的思考，社会将变得成熟、稳健和多元。像刚才我说的我们公司的改写原则，套用过去的新闻理论有点像“综述”，然后在夜班里我把一条比较重要的新闻合成一个专题，在新闻里面再加上图表和统计数据，因为员工查询我们公司的统计库非常方便，当然还有图片和视频。所以你说它还属于新闻吗？新闻变成了数据包。我强调，未来新闻信息的发展，一定要考虑网络的特点和因素。

在讲的过程中，我是看着听众的脸讲。这个小小的经验，是我在公司多次给员工讲话、培训练就的，在北京因为距离近，我看着他们的眼睛讲，在这里，我就努力看他们的脸，看他们的表情。我注意到，下面的编辑记者思维都很活跃，情绪也很高，同时我发现似乎人数在悄悄增加，足有六十多人。中间休息的时候我问温红：来听的都是网站筹备组的人吗？温红神秘地说，开始是，怕什么，说明你讲得好呗！再次登上讲台，主要是回答问题，听众们对我们公司具体的管理方式，如员工培训、奖惩和工资待遇、交接班制度等等非常感兴趣，问了很多细节的问题。会后温红告诉我，中间还来了其他人，包括一个副总编和副社长，他们听了我的讲座，说很有启发。也许他们中间还提过问题，我不知深浅地都回答了。温红，你就害我吧。

到底是第一次对外讲课，从讲台下来，我的背心儿都湿了，还好，最后场上其乐融融，我仿佛又回到在报社工作时期，大家像一家人。中午吃饭，有一位副社长加筹备办主任、温红和几位编辑参加，大家边吃边聊，温红看上去很轻松。我知道，讲座主要是她的策划，尽管她不在筹备办，但事关她的面子和能力。副社长席间还意味丰富地问温红：怎么认识的小夏？你们好像很熟啊！我肯定脸红了，温红显得比我镇定，回答说是搞活动认识的，她还以攻为守地反问：社长我就不能有几个好朋友吗？我真是服了。

回到饭店，我还处在兴奋中。我打开电脑，努力回顾我在讲述过程中，哪些地方听众反响强烈，哪些地方没有动静，思考其中的原因。温红打来电话，电话那边先传来咯咯的笑声：你成了香饽饽啦！我问怎么啦。她说，我们副社长不是企业联合会信息工作部负责人吗？他把你的情况介绍给联合会几个人，想和你下午搞个小座谈，就四五个人吧，你先休息，下午三点我们去你饭店。

明天怎么打算？吃晚饭的时候，温红问我，还想在长沙转转吗？心里有没有目标？我看看坐在一旁的副社长，他也正在看我，我说，我想去你们长沙鼎鼎大名的岳麓书院。没问题，让温红陪你去，副社长一脸笑意。温红犹豫地说，我看看手头有没有事。我赶紧说，我谁都不用陪。副社长说，温红，我替你跟你们主任说一下，你就放心去吧。温红笑：社长，是你派我去的，我可是去完成网络办的任务啊！她转向我问：四大书院你去过几个啦？我说我就去过嵩阳书院。温红拉长声音说，哦——，你知道吗，四大书院原来有石鼓书院，抗战时被炸了，才把嵩阳书院换上的。副社长说，你看，多专业的导游啊。

湖南大学里绿荫如盖，红墙掩映，三三两两的学子往来不绝。行走其中，浓浓的书卷气迎面而来。温红边走边说，岳麓书院是屡经战火，毁了又建，前后七次，现在是国内保存最好的书院建筑群。我盯着温红的细密的牙齿，听她带几分自豪的语气，想起沈从文笔下那些多情又果敢的湘西女子。

慢行不久，到了岳麓书院，我读门边的对联，温红买票回来，我说，“惟楚有才，于斯为盛”，久闻大名，口气不小啊！那也不是吹的，她指着门口全国重点文物保护单位的碑说，现在岳麓书院有教学、藏书、祭祀、园林、博物馆多种职能，从明清到民国，光是有名学生就有王夫之、曾国藩、左宗棠、胡林翼、熊希龄、杨昌济什么的，还有那个在中南海毛主席为他划船的程潜，多了去了。

我俩信步游览，教学斋、讲堂、文庙、赫曦台，书楼祠堂栉比，亭台轩榭遍布，曲径通幽，令人心怡。我好几次想拉温红的手，想想此处是长沙名胜之处，可能温红随时会碰到熟人，温红单独陪我，已是特殊，再有亲昵举动，是不计后果，只得作罢。在八景之一的“花墩坐月”，我俩走到石碑前读诗：

花影娟娟月影悠，夜来香韵坐间收。

一池碧色环中趣，两袖清芬象外幽。

云幄侵衣风欲度，冰壶濯魄露初浮。

更深话到梧桐落，指点江天四照秋。

温红说，诗作者李自瑛是我们湖南人，好像是平江人。我说，三、四句比较明显，是引用司空图《二十四诗品》中的话：超以象外，得其环中。温红说，你喜欢这首诗吗？我说，清诗，时代所限，不论气象，总体来说比较务实，没有盛唐的豪放明快、雄浑华丽，但写个人情趣比较自如，此诗的中二联略好，但香韵与清芬重复，结句的“四照”已有光披四方之意，诗到这里，由近至远的寓意已非常完整，却非要“指点江天”，就显得生硬，前后风貌不搭，与“花墩坐月”旨趣相隔，惜哉！又不是写橘子洲头，何必江天？温红笑弯了腰：我本来还蛮喜欢这首诗的，被你瞎胡闹一改，就牛头不对马嘴哒！我也笑：不好意思，君子不夺人所爱，讥人所爱也不应该！她用手指着远处说，八景中有一景，叫“桃坞烘霞”，在山门外，咱们没去，就是一片桃林。这两处的感觉我喜欢，有相通之处。桃坞的坞，是周围高、中间低，花墩坐月的墩也是，这两处的环境都是以小见大，给人无穷无尽的想象空间。我点头：从美术的角度看，一处是霞，一处是月，一个暖调，一个冷调。温红说，嗯，“花墩坐月”是清冷孤幽，云幄侵衣风欲度，有一种冰清玉洁的襟抱；“桃坞烘霞”是赞颂春回大地，我喜欢那首诗的最后一句，

“莫道本来根叶好，须知颜色待东风”。我心情不好的时候，有时自己来这里坐，我老想就这两处写诗，一直找不到感觉。

中午下了山，我俩去吃三汁焖锅。我是个吃货，温红看上去挺开心，她说早饿了。我呢，也松了一口气。来长沙，在这么多人面前讲课，我是头一次，完成得还不错，而且我第一次在媒体界谈到一个观点，即在网络背景条件下，新闻的观念将发生转化，新闻会变成信息。严格说，这个观点我自己思考得也不是很清晰。正因如此，我把它抛出去，想看看媒体朋友的反应。报社副社长及联合会的几个人昨天下午提了一些问题，对我有启发，关于这个话题我还要继续观察、深入探究。

温红上午在岳麓书院谈诗的时候，一瞬间有什么东西触动了我，直到坐下吃着色泽诱人的焖锅，我还处在迷蒙中。她谈了很多，但可能就是那两句：“莫道本来根叶好，须知颜色待东风”，虽然全诗我没看到，内容不全了解，但这两句的隐意使我联想起什么。这会儿我记起了，是她的 e-mail，那首《松涛赠木瓜有感》里的“离离应在韶”！“待东风”与“应在韶”不是一个意思吗？说的不都是等待合适时机吗？而且我更明白了，“花墩坐月”的清芬也好，“桃坞烘霞”的颜色也罢，她们环绕着冰凉的石墩，独守长夜的凄清，保存生命的根叶，静待隐忍，相信四季中的东风该来时必然要来，相信一年中的花期该到了肯定要到，相信清芬必达知己，颜色为君而嫣，这是温红心愿的寄托，也是她委婉的表白。但我不是“琼瑶”，我是在努力，但我算不上优秀，我每想到自己的现实，对温红总怀有几分愧疚。我伸出手，捂住温红放在餐巾纸上的手，她停住叙说，嘴唇微启，反过来又把手压在我的手掌上，手指渐渐用力直到我手骨觉得疼痛，她定定地望着我，在厅堂嘈杂的声响中，温红的眼神里传来无声的无尽的语言。

我是第二天上午的航班，温红没忘她在北京说的话，下午把我拉到芙蓉中路一家心理咨询中心，去见她的闺蜜，一位女心理咨询师。穿过一条摆着鲜花的走廊，温红把我带进一间阳光明媚的房间，看似随意而简洁的布置，暖色调的墙壁，心形的红色沙发，看得出，主人想使你进入一种放松的状态。女咨询师递给我咖啡时，微笑着探了一下头看我，露出两颗有点突出的门牙，加上有点俏皮的露耳短发。我也笑，不由自主地又说了一句“你好”。我听说了，女咨询师对我说，你是温红的朋友，是很好的朋友，对吧？我看了看温红，嗯，温红也向我夸你呢！温红说，今天下午占用你的时间啦。咨询师说，温红你还客气上了，昨天你可不是这种口气啊！她转过来对我说，这妹子昨天对我说，明天下午你必须把时间借给我，我不管你怎么安排——有这么不讲理的吗？你的婚姻状况温红向我简单说了，现在是什么情况？我把第三次起诉已经判决离婚的情况简述了一遍。咨询师又问了一些家庭生活细节。

女咨询师说，你妻子，她举了下手，哦，现在是你前妻，我认为她的变化主要来自两方面：一是她的工作，她去广州、深圳，接触了这些开放地区婚姻情况、男女关系的事例，比如说婚外恋等等，她害怕自己的家庭也出现类似情况。二是，我分析，她产后急躁，对你和生活现状不满，加上你家里出现的冰箱事件、小阿姨事件，与你母亲的冲突等等，说明她当时很可能患有产后抑郁症，但这是我的猜测，只有和本人谈过才能确定。

产后抑郁症？我第一次听说这个词。女咨询师说，产后抑郁症指的是女性分娩后出现的一种抑郁综合征。西方国家在八十年代后期就开始这方面的研究、知识普及和治疗，在我们国家刚刚起步。它是由生理、心理和环境因素共同影响而发生的疾病。产后抑郁症患者常常会陷入消极思维中，比如“我喜欢一切尽在掌握中”，“没人能理解我的感受”，“不能说出自己的恐惧和软弱，否则就等于承认自己不够坚强”等。通过我简单了解的你前妻的情况，我认为她患有产后抑郁症的可能性比较大，没有及时咨询治疗，后期变严重了，也复杂了。

她喝了口茶，朝温红笑一下。关于温红提到的冷暴力，咨询师说她看了一个统计，在发生矛盾的家庭中，八成以上出现了夫妻双方互不理睬的现象。目前家庭中冷暴力出现频率高，是因为现代家庭中，夫妻双方文化水平相对都比较高，另外在法律上也懂得自我保护，所以既不动手，也不愿动口，夫妻一方对另一方采用“三不政策”——不说话、不理睬、不关心，即使说话也常是嘲笑、语言折磨。

咨询师笑的时候，我也总是被带笑，我不知道是由于看到她的漫画式的门牙，还是无形中被感染。对心理分析师我由衷地敬畏。你前妻，她说，确实在你们的关系上使用了冷暴力，不客气地说，你们的关系是虐待与被虐待的关系，而且比较典型。刚才我们从她的产后抑郁症说起，由于没有及时咨询治疗，她的性格又比较好强，在家庭中想掌控一切，加上你的退让（你觉得是包容），造成了一攻一守的局面。她本想有了孩子后让你们的家庭超过其他人，来证明自己能干，在单位更风光，对假想敌形成威慑，逐步发展到不择手段。在你家里，冷暴力的情况比较突出。咱们详细说说。冷暴力的特征，第一，冷漠伤人。你分居两次，你说和她交谈，你说了很多，可是她无动于衷。实际上她在想她的，想从你的谈话中继续找漏洞，或者她所谓的证据。第二，无形毁人。她去你单位，让人监视你，包括她到你的朋友家说你有外遇，还有她给你的同学单位打电话，都是毁人，给你造成不利影响，给你施压。第三，无道德风险。关丽的所作所为，给外人的印象是你出轨、破坏家庭，她貌似做什么事都占有充分的理由，而你是不道德的。第四，长久的创伤。我见过不少冷暴力婚姻的例子，被迫害者常常看上去比同龄人老好几岁，面容疲惫，神经紧张，有的患有神经衰弱综合征，胃疼、腰酸背痛、头痛、失眠，理解迟钝，情绪难以控制，疲乏无力，性冷淡等，有的患有抑郁症。它给你的工作、事业带来严重影响，很多人会感觉到一种人生的挫折感和无力感，有的人甚至想自杀。你想想，你都不想活了，哪还有心思干事业？冷暴力理论把这种人叫作空心人。

等等，我说，空心人，这个词好形象！

女咨询师又露出两颗门牙俏皮地笑，温红说你有过自杀的念头？我点头。温红插言说，松涛，我第一次听你叙述你的婚姻时的表情，那种痛苦一看就是积压在内心深处许久了。女咨询师说，挫折感、麻木感和自卑感，是很多被虐待者最后的心态，即使男女两人分开很长时间了，被虐待者仍然难以摆脱这种心态。因为创伤太深，留下的心理阴影不易根除，必须向专业人士求助。我又念叨了两遍“空心人”，看着咨询师说，可惜我不住在长沙，要不然我会成为你的常客。女咨询师说，不是有温红吗？你有什么问题，可以让她找我。然后她转向温红笑：我是上辈子欠你了吧，还都还不完。温红跑过去搂着她肩膀晃。

咨询师说，不过有几个地方你做得对，算是歪打正着吧：一个是你在吵架中发现了你前妻的软弱处，你大声喊叫，她惊慌失措，就结束了你们的争吵。这属于冷暴力理论中的摆脱术，就是不被对方的情绪所引诱，因为对方的目的，是让你失去你原来的面貌，被她带着走，失去判断力，失去自我，失去事业心，甚至失去存活的欲望。第二个，是你终于下决心离婚，而且决心真大，三次起诉。其实你不必让自己受尽折磨才选择结束，当你看清问题的实质时，虐待就无从谈起了。尽管在离婚过程中，她的态度很暧昧。我插言说，她可不暧昧，她说让我离不成。我脑子里清晰地现出关丽咬牙切齿的面孔。女咨询师笑：但她后来不是给你写信了吗，说自己不懂事、非常后悔什么的，那就是情感上不想离，她有点混乱。

但是——女咨询师加重了语气，她从黑框镜片后面瞪大眼睛说，你叙述你前妻经常头痛，好像还幻听，不排除脑部有什么问题的可能。另外还有精神方面的因素，我们心理医师虽然可以干预，但刚才举的这两种病症，在诊断、治疗各方面都有很大区别，就不是我这科的了，建议到医院检查就诊。

她的到来，我完全没有准备。

真心说，到长沙的第一个晚上，我最渴望她来。温红和网络办主任从我的房间离开后，我把屋子收拾了一遍，然后去沐浴，在花洒下我条件反射地想起温红。当然，那晚她没有来，我完全理解，因为她和报社的人在一起，同时我相信她理解我必须全力以赴准备课件。

到了第二个晚上，我的讲课已在白天完成，我来长沙的工作可以说大功告成，我盼望温红来，我们也许能以一种新颖的形式庆祝一下。但她还是没有来，我看着窗外灯火阑珊的城市，觉得自己就像古代一个独守空房的女性。今天是第三天了。自从北京的交往之后，温红的生活有了新的变化了吗？也许前两个晚上我与寂寞为侣，是她向我表示我们将做一般的朋友？毕竟，我对她的《松涛赠木瓜有感》与“花墩坐月”等诗之间联系的分析，也是我一厢情愿，并未得到确认。但是自从在长沙一见面，她送我领带，到宾馆给我刮胡子，特别是我们在岳麓书院愉悦的谈话，凭我的直觉，我认为事情没有实质性的变化。我做好了准备，也许她有不能脱身的充足理由，我完全能理解，今天晚上看来会依然如故，明天我将飞回北京，我们在 e-mail 里再继续谈吧。

夜里十一点多，正收拾东西，她来了电话，话筒里她小声地问：就你一个人吗？我说放心吧，有什么话你说。她轻快地说我马上就到，就挂断了电话。我打开房门，留了一条缝，不到一刻钟就听见地毯上窸窸窣窣的衣服摩擦声，接着她娉婷的身形就出现在我面前。我从她腋下伸手去关门，她却高举两臂围住我的头，带来夜的清凉。太早来，我怕你这里有人来谈事情，她贴着我耳边说。

我有几件事想跟你说，温红坐下，喝了口水，白天那种场合不适合讲。我说，你说吧，慢慢说。温红笑笑，先说在北京给你打电话的事——打电话的，就是那个什么单位的主任，见面后非得请我吃饭、然后哭诉革命历史那个，我和你说过的。你来的前几天，我正忙活接待你的事儿。他又找我。我推托不掉，就在报社楼下的茶座接待他。我跟他说，我现在有男朋友，请你以后不要再找我。他说，你们报社有我的朋友，我问了，说你现在好像还没有朋友，你们还没定吧？为了摆脱他的纠缠，我说了一句多余的话，我告诉他我的朋友是外地的，报社谁也不知道，我说对不起，我得忙活接待的事儿。报社大楼一进大厅放着公告牌，上面有你来长沙讲课的通知和介绍、照片什么的。谁知这家伙鬼灵通，能够猜到是你呢。唉，这件事是我的错，给你平添烦恼。

我说，他给我打电话，前面也是试探，然后才确定的，好歹他也没有什么恶意，但愿我的回答能使你彻底摆脱他，这件事你别在意，都过去了。温红说，我在想，他的朋友是报社的，他会不会传什么闲话？我就觉得我们副社长老是话里有话。最近我老是心不在焉的，稿子也出错了，脑子里想的和最后手里写的竟然不一样，就这么交了，我们主任当着全部门批评我，一点面子都不给，唉！

我走过去，搂住温红的肩膀，她把头靠在我的胸前。我嘴里重复着：都过去了啊，傻丫头，都过去了。北京一别两个多月了，我心里无数次回味我们亲密无间的每个细节。虽然这两天我们每天见面，在报社，在饭局中，在岳麓书院，但又觉得相隔甚远。我们不敢离得太近，不能使眼色，更不能长时间地相互注视。温红突然把脸埋进我怀里，呜呜地哭起来。我挺直身子，两脚站稳，双手在她的后背抚摸，我想让她觉得我能够依靠。我说温红，你有什么事想跟我说吗？我非常愿意听。温红的哭声未止，双手紧紧抓着我的衬衫。我预感到她将向我倾诉什么，无论什么，我都会耐心倾听，因为我对她了解还很少。我想了解她，了解她的一切。我明白倾诉的重要。我从上一次婚姻的第二次分居开始，到现在也快五年了。五年是多少个孤独的夜晚？我自己和自己谈话，向自己提出了多少个无法解答的问题？曾几何时，我几乎忘却了自己的性别，而对人类的另一种性别，我从关丽那里，留下更多的是迷惑、惶恐以及轻微的藐视。当初我向焦立军、向燕晓春、向报社的孙大姐喋喋不休地叙述，我仿佛终于找到一个公正的人来评理，我更希望他们给我深深的、开始糜烂的伤口敷上对症的药膏。在今天这个社会里，在川流不息的人群中，能有人耐心地听你倾诉是一种幸福。在这一点上，做女人真好，她可以尽情地在爱人怀里或闺蜜的肩头哭上一场，胜过千言万语。温红是我的爱人，我心里早已这么认定，我愿付出哪怕希望渺茫的等待。她在刚才的叙述中向外人宣布我是她的男友，这是第一次，也许对她来说是自然而然的表达，但在我这里，仿佛尘封多年的老旧汽车轰然启动了马达，像从遥远空旷的荒野传来喜庆的鞭炮。我能听到她的倾诉，她能在我怀里痛哭一场，这是我的缘分，是她对我的信任。白天我就注意到了，她把长发束成一条粗粗的麻花辫，松散的辫子被一根极细的丝带看似随意地系住。我把鼻翼埋进那蓬松的发丛中，呼吸到她因为啜泣而散出的轻微的潮热。在鼓浪屿，就是这个女孩，性情那么明快，好像海上蓝得醉人的天空，她又那么聪敏，向你论述情感是诗之门，“我最欣赏的诗句——犹是春闺梦里人”，她歪着头从太阳帽帽檐下看你的样子让你无法抗拒。还有我第一次以冰凉的手指触到她的温热的皮肤，她带着几分急切向我伸出的双臂，她红着脸抵抗着被我慢慢分开的双腿，以及她从长沙打来的电话中我们无须言语就融进去并在其中漂浮的暖流。我以最大的耐心和最稳的姿态任由她哭诉，时而轻轻推开她埋在我怀里的脸，用同样轻轻的吻触碰她的眉眼，那个时候她的叙述就变得断断续续。她的前一次热恋中，她的春闺梦里人，像许多故事里那个可以编出无数理由的男主角一样杳然离去，在她永远铭记的、无人陪伴的一天，她终于结束了腹中正在孕育的娇小生命。她讲得断断续续，特别是关于男主角如何面对她的委屈，采取忽松忽紧的谈话技巧，逼得她恍恍惚惚，陷入深深的悔恨和自责那一段，我需要拼力集中思维、来回梳理脉络才能大概将原委弄清。她的讲述让我回到我的宿舍，回到菊园，有一个低沉的、阴冷的声音在我耳边一会从女变成男，过一会又从男变成女。我当时听了你的事情，温红抹了一下流到腮边的泪水，扬起脸说，我一直不敢跟你说我自己，我一个人，白天还得装作没事人一样工作，采访啊，写稿啊，晚上只有在台灯下喝一点红酒才能入睡，有时睡一会儿又自己哭醒。我不想再谈什么恋爱，我跑到我闺蜜那，她一遍一遍地为我宽心，我坐在她的咨询室，听别的女人来讲自己的家事，慢慢知道了冷暴力的普遍，理性开始生长一点了，人才活过来。但你知道吗，只要我碰到一点挫折我就觉得委屈，老感觉有什么意思说不出来，也无处诉说，老想找个地方哭。夏松涛，讨厌你，我一看到你，我就想世界上怎么这么多倒霉的人，走开啊你！她说着你走开，推得我前后晃，手抓着我的衬衫却丝毫没有放松。

他弯下腰，干涩的嘴唇触到她脸上的泪水，然后半干半湿的嘴唇又触到了她轻微颤动的睫毛。他们站起来，慢慢摇摆，好像几年前他们第一次相识，在那个昏暗的歌厅里跳的第一支舞，当然那时他们眼睛都看着别处，更没有亲吻。他刚刚知晓了舞伴的身世，如果在跳第一支舞时就了解了她，是否还会有以后的冒失举动呢？对，他现在觉得自己太冒失、太莽撞，没深没浅。她呢？她在北京听了自己的叙述，她惊异、感叹，实际上她只是没有深陷到他那种境地，但她把这些都藏在心底，俨然一个理智得甚至有点冷酷的旁观者，将他从混沌不清的状态中点醒，又像一个站在浅滩中的救生者毅然对在深水区挣扎的他果决地施以援手。

慢慢摇摆中的他，如同在通往多条道路的路口徘徊，他不知道下一步该怎么办，如何弥补他已经犯下的冒失。但他绝不能轻薄怀抱中的女人，这一点他明白。他必须谨言慎行。他能够等待，五年都过来了，还在乎这一会儿吗？一幅幅画面似电影镜头般流动起来：在厦门海滨区的恣意畅游，挂着意大利面酱的噘起的红唇，戴着塑料手套送过来小龙虾，飘动的大衣下她结实的小腿，在北京灯红酒绿的街头漫步，在酒店房间里她一边摆弄领带一边讲述各种色彩的搭配，一个个活泼调皮的表情和她从头到脚洋溢着的欢悦，凡此种种，促使他由衷生起一种暖意，包裹着理智唯一能够分辨出的感激，让他万分珍重，他知道这说起来有点儿假，却是此刻他最真实的、最发自肺腑的愿望。他渴望她能留下来，也许她还没有说完，但在没有得到她明确态度前，他绝不会提出要求，他不能只顾自己。他主意已定。“你什么时候回去？太晚了，家里会放心吗？”“我不走了，家里没事，我已经告诉家里了。”

他有意识将舞伴引导到床边，慢慢把她推到床上，自己靠在她的旁边。他俩仿佛卧在一条船上，随溪流任意漂浮。他明显感到她胸前富有弹性的东西顶着他的胸肌，而让他不安的就是自己腹下一条硬物毫无保留地阻挡在两人之间。不仅是不安，他简直觉得羞愧，不合时宜。

不知过了多久，床头灯还若明若暗，他听到一阵踢踏声由远而近，在浴室好像很长时间的温红走到床前。他没有睡着，仍然有所期盼的本能促使他睁开眼皮。她裹着睡衣，里面发出好闻的浴液气味，他撩开被角，她脱下睡衣钻进来，光滑微凉的皮肤紧贴着他，他的腿不由自主地与她的腿搅在一起。她翻身伏在他胸前，从上面看着他的脸，看每一个细节，歪头端详，用手轻扫着他的下巴上的胡茬说，我现在越来越喜欢你了。

我不知道现在是几点，夜反正很深了。我的脸紧贴着温红的身体，再无所求。温红在我头顶上喃喃地说了不少话，现在也许睡着了。在刚才，台灯的光亮温和地圈着我俩的时候，我对她说，温红，自从你论述了男女性别不同就像钥匙和锁的关系，我都有点心理障碍啦，你想啊，谁知道哪把钥匙和哪把锁是一对呢？可是谁没事拿钥匙随便试别人家的锁呢？即便是两个相爱的人，要是不为了见到孩子，也不能开锁，这太要命了，我要是从此落下什么病根，你得负责！温红笑：这没问题，中国文化博大精深，中国的医学更是博大精深，湖南的中药蕴藏量全国排第二呢，还怕治不好你？哎呀，我说，你一说药材储藏量我就好像看见一座山一样，一服一服让我吃！不行啊，我心理问题解决不了啊！温红说那还不好办？吃完药，我再把你拉到我闺蜜那儿去，让她给你上课，看你往哪跑……

这鬼丫头，让我说什么好呢？我的手轻柔地掠过她浑圆的肩头，不大也不小的胸部，它们曾带给我自由的想象和理智的解放，两个小臂有点粗，指根处开始有一点生茧，她说是现在一个人生活的缘故。我抬头，在夜灯和厚重的窗帘透出的组合的光线里看她。

她的睡相格外恬静，他把溜到她眉眼上的一缕发丝轻轻拨开，看她。松涛，我喜欢你，这个我心里清楚，我不是一个随便的人，我可能是一个好妻子，但我不知道我能不能做一个好母亲……我心里矛盾极了。那时他压在她身上，使她说这话时气息有点不稳。话的内容接触到生活的实际，是他顾虑已久的事情。他的目光沿着晦暗不清的天花板的大致轮廓反复寻找，像是要清晰确定它的边际。

这几天他一直在想她说的话：男女是人之门。很明显，关丽没有渡过男女这一关，自己同样没有渡过。他回首自己三十多年不算长的人生旅途，他的婚姻一塌糊涂，做人也一塌糊涂。他的情感河流就像初春里一条干涸的河床，两岸堆积了去年干枯的、全然失去色彩的落叶，河面上暗灰色和乳白色的冰层杂乱交错，河中心仅剩下狭长扭曲的水流，看上去没有一丝生气。河床上早已搁浅的、木板朽裂的小舟多像疲乏无力的自己，排列在岸边的垂柳总有拂地扬丝的时候，可是这只小舟对修复出航的信心似乎已丧失殆尽。

他想起焦立军，想起讲冷暴力的女咨询师，想起扶持他的那些朋友。他想更紧地搂住贴在身边的绵软的身体，又怕惊醒了她。

自己条件不如温红，他一直在对自己说。不论温红怎么决定他们关系的去向，比如她愿意留在长沙，嫁人、生育，都是非常正常，他都会毫无怨言。就算是从现在开始他俩只做一般的朋友，他也会把温红当作最值得信任的人，是值得夸耀的朋友，尽管他不准备逢人就夸她，哪怕在焦立军或其他朋友面前。

人的一生，索取是有限的，不能指望所有梦想的事情都能实现。他们曾经相识、相处的时时刻刻、点点滴滴，是他短暂生命中最炫彩的乐章，他将深藏心底，作为一生的财富，任何人，包括温红可能也无法想象它对他有多重要。他和温红今后的关系，夸张一点说，如果能像柴可夫斯基和梅克夫人，或者像叶赛宁和邓肯那样，他就心满意足。

焦立军说，香港人觉得他们往来北京检查工作不方便，他们建议在深圳办一个分公司，加工数据，这样他们检查工作，送港台报纸、文献资料也方便。我和焦立军马上去深圳进行了初步考察，和几个单位谈了合作意向，其中一家科研中心给出的价格我比较中意，环境也好，硬件完备，另外主要吸引我的是那里安静、研究气氛浓。情况报给香港，董事会讨论同意。我就飞到深圳，办理公司注册事宜，又在报纸登广告，招聘人员、装修布线、购置电脑家具。等人员到位后，再开始业务培训、安排倒班及奖惩制度等，我把在北京建新闻中心时的过程又重复了一遍。深圳数据中心运作的头半年，由我与中心负责人共同处理各类生产问题，我每月回一次北京，再到深圳时带去在北京购买的年鉴、统计局的月报、季报和其他资料。期间焦立军过去了一次，见事情进行顺利，就去香港汇报。

公司给我和另一位负责人租了两套房子，彼此相距不远。我的这套房间为我检查指导工作备用，平时可以安排北京出差过去的工作人员。到季度末，我就从深圳直接去香港，汇报本季工作。

九月初，温红打来电话说，我们副社长向深圳经济报的朋友介绍了你，他们特感兴趣，想请你搞一场讲座，下周二上午，给企业和媒体有关人员讲，我替你答应了，哈哈，内容啊，我觉得你就和给我们报社讲的一样就行。有多少人参加，我问。七八十人吧，可能和长沙差不多，她加大声音说，人家给你课时费，你得请我恰餐好的咪！我的天，这么多人，我现在有点发怵啊。没问题，你行！你这不是也介绍介绍公司业务么，那我就把资料先给人家，还有你的联系方式。我已经请了年假，周日上午过去，见面谈。她放下电话。

周六，也就是温红来的前一天，早晨我半梦半醒的，好像又回到以前常出现的梦境中，我自己，一个人，在空旷的世界行走，天阴沉沉的。我一丝不挂，形貌丑陋，衰老而疲惫。这个梦在前一场婚姻快结束和刚结束不久时，曾陪伴了我很多夜晚。梦里有一个身影，被雨衣之类的衣物遮挡着脸，永远不远不近地跟着我。近些年我很少再进入这个梦境中，特别是到了深圳以后。今天早晨我又回到这个梦里，奇怪的是，那个人，忽然抬起头来看了我一眼，刹那间我觉得那个人长得很像我自己，他笑了一下，转身越走越远。我产生了一个念头：如果自已跟自己聊天会是什么效果？我追了几步喊，嗨，咱们聊一聊！可是越喊他走得越快，最后那个身影一拐一拐地消失不见了。

窗外传来现实世界的嘈杂。我慢慢找回自己的感觉。在梦里，那个影子总跟随着我，和我总保持着一定距离，我看不清他的相貌，当然我们也没有说过一句话，今天他的笑让我感到意外，因为长久以来那个影子潜藏在我心底，我能在暗夜里感觉到他不定时地在我为我的家庭和婚姻状况焦虑、委屈、憋闷时出现，有时候他似乎给予了同情，有时候他表现漠然，有时他又好像表现出一种藐视。他无声无息，无色无味，你注意到他，觉得是一种压力，你忘记他时他显得可有可无。总体来说我不喜欢他，但他笑一下是什么意思？他的离去又表明了什么？以后在我的梦里他还会不会出现？我坐起来，头有点蒙，嗓子发干，直到穿好衣服，仍然毫无头绪。我走到厨房里，往滴漏式咖啡机里放咖啡粉和清水，触动按钮，然后去卫生间，意识渐渐被眼前的具体事由所占据。今天，上午我先要主持一个技术会议，商讨数据传输流程；一个国家部委的商业信息基础平台要接入我公司的数据，对方来人商讨具体运作事宜；新闻数据中心的业务分类新增四大门类十五个细项，要撰写说明和培训。要忙的事情太多，我得赶紧洗漱、吃早点，上班去，到了公司还不知有什么突发情况要处理呢，什么影子、对话，请先靠边站。

上午九点半，在公司召开北京、深圳、香港三地的技术负责人视频会议，会议由我主持，具体内容是商讨数据传输流程。我简明扼要地开了头，提出商讨要达到的目的、规定发言时间等，然后我下来坐到自己的座位上，听第一个人的发言。传输技术的具体内容我不太熟悉，我和深圳这边的技术负责人事先也打了招呼，我会听一会儿就离开。我从对面正在侃侃而谈的发言人身边向窗外看去，快速路网纵横蜿蜒，写字楼、购物中心和风情街等建筑物高高低低，在阳光下错落排开，把更远处的一条深蓝色的海岸线分割成不均匀的色块。二十四层，是我工作单位里最高的楼层。这座写字楼地上三十层，选楼层的时候我差点选了最高一层，被焦立军喊停：二十四层可以啦，你倒是不恐高，楼层越高租金越贵，顶楼价格最贵，多出来的钱你出啊？我想起和焦立军到香港，从总公司所在的42层往下看，逼仄的街道、蠕动的汽车、蚂蚁似的人影。怎么样？焦立军问。有点惊心动魄，我脑袋贴着玻璃说。

回到办公室，秘书交给我一份传真和几份要签署的文件，又指了下墙壁，示意我看已经装裱好的书法条幅，是我最近写的一首诗，本地书法家的行草：

菊下秋纹静，连山暮色横。空园新覆叶，平草鹊悠行。

秘书走后，我坐在宽大的皮沙发上，看看深色调的屋内陈设，又去看一片明媚的窗外景致。曾几何时，小窝房顶，公园长椅，菊园的书房，冬夜的宿舍，这些都是我长时间伫立或倚靠的地方，那会儿我都想了些什么？好像这些地方寄存了我无法言说的创伤，无处安放的心思，它们之间似乎有着某种必然的先后顺序和紧密的逻辑关系。从一走进这间办公室、闲暇时坐在沙发上，我就开始想，直到今天我还是一无所得。我有时想到关丽，想她躺在地上做出思考状，右手食指顶住太阳穴，嘴角向上微斜，露出一边的虎牙，从眼角到腮边，从鼻翼到唇下，分别画出深深的圆弧状的沟壑。从成年开始，在我的记忆中，我从没有像她那样，把脑袋想得像要爆炸。我在小窝房顶，在公园长椅上，在冬夜里，也有过百思不得其解的时候，我仿佛进入了一片混沌的境地，那时我就停下来叹口气去做别的事。我们思考是正常的，是人的权利。我在公司中层管理会上常常鼓励他们思考，并表扬那些对问题提出改进建议的人。人，假若不能思考，不愿思考，自暴自弃，像个木偶，不管是什么原因造成的，都是人生的悲剧。但思考后应该交流，想不通的时候不硬想，我相信船到桥头自然直，该你明白的时候你就会明白，开窍的那一刻，也可能有一件事或什么人让你幡然醒悟，佛教里似乎叫“顿悟”。好吧，我不能再坐在沙发上，我有责任在肩，我要为别人忙，也为自己。

温红常常静静地听我叙述，不插一句话，哪怕我不是在追忆，而是整理、归纳、提炼，无论我的叙述多么纷杂、毫无头绪，她都用最大的耐心和平静的微笑给我鼓励，她知道我在努力进入一个新的阶段，一片新的天地，她仿佛站在一个路口，因为她十分清楚我要从哪条路上来，我一定会经过这个路口。

她笑我做饭太粗糙，完全是糊弄自己，她说。到深圳，她第一次进我的厨房，上上下下翻腾了一遍，然后跑到超市，厨具、调料、洗涤用品什么的买了一堆，连佐料瓶也换了一套。我喜欢看她做饭，她系上新围裙，在厨房里忙活起来，案板、水盆、各种菜码放得井井有条，像依次行进的部队。她做的湖南菜里面，我最爱吃的是农家小炒肉、剁椒鱼头和毛氏红烧肉。在深圳，她很快学了几样广东菜，清蒸鱼、莲藕炒牛肉、姜葱鸡，她自己说煲汤还不过关，但以我的口感衡量，她煲过的胡萝卜马蹄猪骨汤、香菇炖鸡汤、鲫鱼木瓜汤，我觉得跟在当地喝的没啥区别。

晚饭后我们沿着商业街，在棕榈树下散步，有时候一直走到海湾那边。来深圳后，我已经放弃了坚持了几年的每日五千四百二十步。为什么呢？温红问我。嗯，我想了一阵说，数着步走，是我对自己的一种惩罚，是怄气，那时特烦躁，可能走路会让自己平静下来，但想要锻炼的话，现在我可以游泳、健身、爬山，公司也有跑步机。温红说，理解，据说出家人，初级的要躲避到深山老林里，到高人阶段是大隐隐于市，他们已不在乎形式。

我们俩有聊不完的话题。有一次我说，我想在深圳推动一件事，温红我还记得你跟我讲过你的遭遇，你一遍一遍地跑到闺蜜那，听她为你讲冷暴力的危害，你才活过来。真的，温红你想象不到，当我在北京第一次听你分析我和关丽的关系时我有多震撼！我俩还算幸运，在困厄之时遇到点破鸿蒙的人。我在公司的数据库看到一项调查，北京、天津、长沙、武汉几个大城市两千多个家庭里，百分之七十以上有过不同程度的冷暴力。深圳是个年轻的城市，年轻人多，新的家庭也多，年轻人情绪化比较强，现在深圳这里离婚率挺高的，如果在深圳办一个心理咨询机构，重点针对婚姻家庭、夫妻冲突，将冷暴力的理论应用其中，让更多夫妻能正确地沟通、渡过难关。你说是不是挺好？温红眼睛发亮地看着我说，殷鉴不远，能不慎乎？有过这种经历的人哪个不痛心疾首，应该避免更多人误入歧途，除了你说的婚姻家庭，还有职场冷暴力，要让年轻人在工作中不再沉默忍让，不再自我全盘否定，学会积极地面对，你的想法社会效益和商业利益兼具，主意蛮好。我兴奋起来，比划着说，应该多发挥网络的优势，在媒体上开辟专栏，讲解冷暴力的危害，回复一些读者来信；可以联合团委、妇联等单位共同组成这个机构，开通电话咨询，直接解答一些浅显的问题，复杂一些的，建议他来咨询机构面谈，唔，还可以利用各种论坛、宣传栏、读报栏、小区，来宣传、解答这方面知识……

回到房间，我们继续聊天，我们常常在叙述中自然地亲吻，试试探探，似有似无。我喜欢站在她的身前，看着她的脸，我在这种时候常常是听她叙述，我保持着一定的惯性，不干扰她的讲述，让感觉在不知不觉中绵软地延续，有时她会在这惯性之中，语句时断时续，愈来愈轻，直至她的气息甜美均匀。我觉得我们洁净的身体的交流，就像我们彼此倾诉的另一种形式。我的视线越过轻轻飘逸的纱帘，越过阳台上的影影绰绰的花草，让感觉在闪烁的灯海和隐隐传来的潮汐声中流淌，以至无垠。温红在的那几天，我常常想起童年时光，夏天晒了一天的河水，在傍晚时分温和地包围着我，我屏住呼吸，嘴巴和鼻子沉在水中，只留下眼睛在水面上，感受柔缓的水流由远而近，亲密地绕过我的脸部及全身的皮肤，那么舒适，那么慵懒。在深圳时而紧迫时而松散的生活节奏中，我变得从容，用温红的话说，很淡定。我再也不用像当年我在宿舍那样，神经始终处于高度戒备状态，在几分钟内匆匆结束。我也不用像菊园时期，把身体交出去，而意识停留在一种排斥的、空洞的境况里。我的手掌贴着温红的脊背轻轻掠下，在腰的低凹处向臀部圆弧形隆起的一段极慢极慢地循环游走，脑海里浮现的是大提琴侧面的起伏曲线，好像抚着你最喜爱的猫咪那顺滑的绸缎般的皮毛，心里生起一股温情。

看来生活得不错啊，焦立军背着手在几个屋子来回串，你现在有女人照顾啦。他扫视着卫生间里的两套牙具，还有厨房里五颜六色的瓶瓶罐罐、印有女孩头像的围裙点着头：绝对没错，我这方面嗅觉比狗还灵。我笑：真人面前不打诳语，我是有一个，但还没确定，她也不在深圳。好，很好，我早就说有什么新情况嘛，呵呵！焦立军转回客厅，点起一支烟：女人，她们能给你的生活带来快乐，像我，什么时候也不缺女人，她们到时候就是往上扑你有什么办法？可是我老婆还是崇拜我。我说，那你有什么高招，也传授点给我。女人得哄，焦立军眯着眼睛，人家不是说吗，女人是感情的动物，跟女人不能讲理，你稍微跟她一较真儿，她一哭二闹三上吊，你有个屁法？其实什么这感觉那感觉，女人都差不多，她们爱幻想，喜欢漂亮的谎言，说来说去还是得有银子。我隔一段儿就给我老婆买点围巾啊，首饰啊，包啊什么的，她接过那些玩意儿美得屁颠儿屁颠儿的，嘴里还不依不饶，说你肯定有什么事儿瞒着我，说不定这些东西是送给哪个女人不要的又给我呢！我呀，就假装冤枉，哎呀——真是可怜天下丈夫心啊。再有，隔上一段儿，你就陪她出去走走，什么欧洲啊，瑞士啊，北美呀，玩儿一玩儿。再一个就是裤腰带下面那点事，再别扭，再矜持，是女人没有不吃这个的，你把她整舒服了，她成天像膏药一样粘着你，甩都甩不掉。哈哈。焦立军看着我：你说她不在深圳？我正想给你说这件事呢，我朝他那边挪挪：我想在深圳公司多待一段时间，或者说常驻，一方面把业务基础打扎实，一方面远离北京，脱离原来的生活环境，省得让我想起过去糟心。焦立军说，还有呢？我拿出几张纸：北京的业务交接事项和深圳公司的开拓设想，我都写在这里了，你看下，还有，我真的挺喜欢这里的，没准将来做个上门女婿啥的。焦立军说让我想想，他从烟雾中伸过手来，一瞬间让我想起我的绘画老师。

他下水后慢慢向前游，一直游到靠近浮漂的地方，自由自在地游了一阵，回到沙滩上，躺下，摘下泳镜。平常来海滩游泳，他只能像城里的上班族一样，在假日里才有机会。那会儿他会暂时放下报表、电脑、键盘以及繁杂的事务，离开写字楼，穿上休闲服和旅游鞋，加入到拥挤的赤裸的脊背和花花绿绿的泳装大军中。今日特殊，物业通知下午写字楼停电检修，他当时就想好下午来海滩，在海水里放松一下。

离他不远，一位年轻女子领着一个蹒跚学步的小孩和一条活蹦乱跳的小狗几乎与他同时到达，女士戴着太阳帽和墨镜，铺好塑料布，她坐在那里，一边抹防晒霜，一边看着乱跑的孩子和狗。再远一点，是一对情侣，他们的头掩藏在一把遮阳伞下面，只能看见他们伸出去的白白的脚丫。

视野里的海显得格外温柔。海浪腼腼腆腆地涌来，先是鼓起勇气挺起胸脯，亮一个相，然后又怕打扰什么人的沉思，埋头俯首，分散成无数细碎的白沫，隐匿到洁净的散沙之间，前前后后，不断重复着呜呜—轰轰—哗哗—啪啪—哧哧—唏唏—嘶嘶的音响，仿佛怕你视若无睹，继而把它彻底遗忘。

他在西北采访时，碰到一个道士给他算命，说他命里缺水，但他的命可能会终于水。他不太信命，但他喜欢水。无论在游泳池还是河边、海边，他都能玩得尽兴。他觉得他与水很亲。童年时那个让他摸小包包的女孩蹲下撒尿，之后她拉动水箱哗啦哗啦地冲水。他一直保守着他俩的秘密。以后，他的回忆里只有哗啦哗啦的震耳的水声，其他内容越来越淡漠。在苏州灯火辉煌、让人意乱神迷的泳池里，妮子平滑的腹部和浑圆的长腿几乎贴在眼前，她平角泳装上绛红和淡紫色的秋海棠花朵盛开在孔雀蓝色的童话世界。还有厦门的海天一色中，他和温红踩着水，长久地相互注视的眼神以及仰天大笑的她披在温热的皮肤上几缕湿嗒嗒的长发。水的迷离、缠绵和厚积薄发随着他年龄的增长显得充满诱惑和睿智。他觉得自己好像与水格外有缘。水给他带来意料之外的境遇，使他的命运趋向改变。反之，关丽怕水，他动员她去海边旅游，她总是推托，最终去过一次北戴河，她说来例假了，不下海。他想起当年在苏州写的诗句："犹恋沙滩雨后晴。"一个与水亲昵，一个生来惧水。也许这就是命。不惧怕水，才有可能像道士说的"终于水"，淹死的都是会游泳的人，以后的事谁知道呢?

沙滩上密布着深深浅浅的亿万个脚印坑，那是假日里来游玩的人们留下的印迹。他的身下，隔着浴巾，沙子已开始温暖。在他前面，蹒跚学步的小男孩一趟一趟从海水涌来又退去的地方用小桶盛来湿沙，渐渐在妈妈周围垒起一座沙丘，小狗摇着尾巴耐心地跟在男孩后面，年轻妈妈坐在耀眼的明黄色塑料玩具之间，脸上现出满足的表情，看上去心情不错。人们来沙滩看海，祈望的是美的、梦幻般的海，而不会是惊恐、如夜的海。在大梅沙那边他见过一次。入夜，潮声越来越大，越来越使人不安。那时你站在岸边望去，不管你怎么静气凝神，天海依然浑浊成浓暗的一片，简直分不出任何色彩，仿佛自然之神在警告你，你想洞悉宇宙的奥秘，你定会徒劳而返。那时夜风中夹带着黏湿和腥气，涛声一回高过一回，浪头一次凶过一次，泡沫一层大过一层，夜的海仿佛诉说着积压已久的心路历程。白天游人们在沙滩上搭起来的各式沙雕，此刻好像中了什么咒语，很快就消失殆尽。而眼下，弯曲延伸的沙滩被笼罩在暖洋洋的日光下，忸怩的涌浪悠长而沉稳，像极了熟睡的女子甜美而有节奏的呼吸，平滑的波面饱蘸了天空的蓝色，绸缎似的闪过一道道优雅的光泽，使他想起女性温滑的胴体，她唤起了一个男人的怜爱和护卫之心。

温红来深圳的最后一天是中秋节，他下午开车和温红一起到西涌海滩，他们准备好了烤具、帐篷。途中小雨便淅沥不止，海岸线变得越来越迷蒙。快到西涌时他下车去商品部买了饮品回来，温红倚靠在他身上喝奶茶，他的手在她白色T恤衫下轻轻滑动。温红有时转头看他，把杯子递过来让他也抿一口。他想起在鼓浪屿喝饮品，那是在树荫下，他俩的视线都不好意思投向对方，他那时只能悄悄瞟一眼温红的领口。他还能回忆起那会儿的心跳，他不敢想象能像现在这样和温红亲密地靠在一起。他的嘴里充盈着一种干果巧克力的余香，在唇齿间许久没有褪去。云层中时而滚过低沉的雷声，车窗上仿佛泪水一样不断流淌着一朵朵雨花。车子回到小区，夜空中忽然云开月出。温红笑道：月老还是眷顾有情人的。

藏在伞下的情侣此刻正在沙滩上追逐嬉戏，女孩夸张地尖叫。她白皙的小腿跑起来微微向外撇着，使他想起温红。“我发现我越来越喜欢你了。”她伏在他脸前，似乎想看清每一个细节，他喜欢她歪着头端详自己的样子，鼻息微微吹在他的颧骨上，有时还用手轻扫他的下巴和上唇的胡茬。她是一个自由自在的、心地纯净的女孩，她像鸟儿一样飞来飞去，他远远地看她、欣赏她也已经足够。

我做得不好，他想，远远不够好。在深圳，他现在觉得每天太阳都是新的，脑子里的创意好像一个个自己往外蹦。走在上百个工位之间，穿梭于一幢幢写字楼内，进出各种会议、论坛和谈判的场合，他浑身充满力量。在别人眼里他有些男人的味道了吧？温红说过，现在的夏松涛和当初碰到的完全是两个人。到深圳后，焦立军引荐他拜会了不少 IT 界精英，包括风投领域的翘楚。他提出的常驻深圳和公司业务开拓设想，焦立军回复说董事会已同意。他在南山区买下一套房，已经交了首付款。他还跑了几趟华侨城，走进咖啡馆，旁听各种文化沙龙，感到耳目一新，甚至有一次他还参加讨论，发了言。从北京到深圳，他不仅改变了生活的地域，彻底改变了工作的内容，连他自己的外观也大有改变。按焦立军的要求，公司高管每周一到四，必须着正装，只有周末可以穿便装。为此他特意在深圳定制了一套西装，温红来了，又给他买了几件衬衫，还有领带。鞋也该换了，她上下打量他，又拉他上街买鞋。是不是物品换一遍之后，该把人也换一换？他问。温红笑：到那时候我先把你给换了！他知道自己做得不够好，他心里有数，因此暗暗憋了一股劲。越来越喜欢——他说不出温红这样的话，但他明白，在他走向中年时发生的一切，他怎么也没有料到。温红清清爽爽地走来，为他带来那种畅快的洗涤，那种彻底的放下，仿佛上天的眷顾。他觉得从他第一次起诉算起，他现在收获的是他等待七年多，不，是等待一生一世的最好结果。他和关丽相遇是一个错误，也是一个悲剧，他们就像两束颜色不同的光，彼此交叉了一下，就都射向暗夜的不同方向。躺在沙滩上的他，快速倒带似的掠过那些鄙夷地扫过来的白眼、凝聚在眼皮上的强烈光柱、让人心底发寒的口吻以及自己发明的可笑的吵架技巧。都过去了，都过去了！第二遍他不知不觉叫出声，引得年轻妈妈好奇地回头观看。那些男女间的彼此误解和伤害，那些猜忌、苦楚、自卑自弃……种种人生的泥沼，都过去吧，重新开始了，他开始做一个挺起胸膛的男人。对，挺起胸膛，他的胸肌还不够硬挺，他在住宅附近已经找到几个健身场所，查看了环境和费用，他准备花上一年时间锻炼，让胸部和肩部的肌肉群看上去更漂亮。那时候他可能更乐于当着温红的面脱去T恤，给她带来惊艳。

人之门，我和关丽都曾头破血流地跌倒在它面前，现在，温红领着我又来到这个门前。说实话，再开始一段新的婚姻旅程，我还没有做好准备。在深圳的厨房里，温红展示她的烹饪本事，为我端来一道道色鲜味美的菜肴。还有她拽着我的小臂，出入华侨城的大小沙龙。我的脑子出现了幻觉，我想起关丽倚着我在灯红酒绿的街头漫步的场景。我到底和谁？我和谁是亲亲热热的一家人？谁是我的妻子？我是谁的丈夫？彼此相爱的人一定要结成婚姻伴侣？我和她，我们彼此因为有了一张纸，就拥有彼此占有、彼此猜忌、彼此指责甚至伤害的权力吗？我想起关丽在离婚判决书上签完字，停在半空的手和游移呆滞的眼神。我突然惊讶地发现，我在鼓浪屿，曾对温红高谈阔论“乾坤乃《易》之门”，但仅仅局限于论证建筑上的门，其实乾坤不也代表男女吗？处理好男女关系，不也是《易》里面的主要内容吗？比起温红的“男女是人之门”，我对《易》之门的理解显得空洞而浮华。想到此，羞愧如同潮热的气息不容分说地紧紧包裹了我。在人之门前，我徘徊不定，我真的还没有做好各方面的准备。

天空中缓缓游动的条状云朵，被即将沉入天际的夕阳绘上一抹曲折耀眼的金边，天海交汇处的点点船只，不知是已经停泊还是正在归航。我想，以后除了日常工作和我的实际生活之外，我还有一个很大任务是培养东东。东东是上天赐给我的礼物，我负有责任，我要把他抚育成人。温红看过东东的照片集，她说这个孩子鼓鼻子鼓脸，挺可爱的，一看就是个聪明的孩子。我注意到她说完这句话，目光慢慢移向窗外，很长时间。我不想打断她的思路。有时候我觉得以她湖南妹子的泼辣和干练，在我们新的家中，她会以一个好母亲的形象出现，但也仅限于我的想象。温红到深圳后，代表报社与深圳经济报的对接人谈话，其中很仔细地问了深圳经济报的人员、发行、待遇等情况，对方见温红兴致十足的样子就问：你是不是有兴趣来我们这儿？深圳是青年人创业的好地方，深圳报业的影响力不仅在深圳、在广东，就是在全国也有自己的特色了，你在报社很能干，我听说了，我们真诚地欢迎你，就怕你们社里不肯放呢。温红说，让我考虑下行吗？

温红要辞掉工作，来深圳吗？我从没有试着问过这样的问题。在深圳经济报大厦里参观，我注意到了，温红不仅问得仔细，看得也仔细，连公司的茶水间也跑进去瞧瞧。我没问她调动工作的事情，是我不想让她感到一丝压力。如果温红真的到了深圳，面对的现实问题就是组成新家庭，这对她，对我，都是要迈过的一道坎。我愿意等待。温红在深圳所做的一切，看来都是向着这道坎迈进。我呢？在数据公司，在深圳，我想把我的过去翻过一页，包括我的工作，我的事业，我的思考方式，还有我的婚姻，尽管我对后一个问题还没有想清楚。我要交更多的朋友，读更多的书，学更多的新事物，总之重新开始。前几天，我和温红去美术馆看东山魁夷作品展，我长时间注视大师笔下那些密密麻麻、层层叠叠的各种树木，那些平静地、妥帖地、自然地沉浸在夜色、阴霰或余晖中的树干和树杪，它们的存在，分明伴随着情绪不同的背景音乐，好像是在说：等了你多少年了，你终于来了。在我眼里，画中的各类形象已经摆脱了它们的原貌，成为一些人物，他们纷纷诉说着各自的心事。我想起我的学画生涯，我曾经的宏伟志向，我在北京的宿舍和床下的那些尘封的油画，想起看过我的画作的人，也想起东东。在我的想象中，东东第一次见到温红，他明亮的眼睛使劲瞪着这个陌生的女人，等到温红蹲下去朝他伸过手，他却像一个成熟的小伙子那样把头偏向一边，温红站起身，两手绞着，不知所措，老父亲在一旁急促地说："东东不许没礼貌，快叫阿姨呀！"我想象东东在学校的成绩大幅下滑，温红与他谈话，东东不吭声，最后生硬地顶一句"我愿意"，温红细密的牙齿咬住嘴唇的失望表情。也可能是我半天没说话，温红发现了，她歪着头凑近看我，又去看画。我们走出展厅，在休闲平台的太阳伞下，我喝着咖啡，温红喝她喜欢的奶茶。四外一派葱茏，潮润的海洋气息轻掠发梢，远处的梧桐山清晰可见。松涛，你的名字不是后来改的吧？温红问我。没有啊，你怎么问这个问题？我奇怪。她笑：你喜欢树，东山魁夷每一幅有树的画你都看很长时间，你的名字表现了你的喜好。树既顽强，又与自然浑然一体，我说，不同的树各有自己的哲学。但我觉得说这些话时意识有点游离。温红说，有机会我要去北京，看看你的画，我觉得那是你的过去，是你生命的一部分，我想了解。我本来想问她是否同意我画她的身体，又想这不成问题，问题是我的绘画技巧已经荒废，现在的问题是东东。我伸过手去，温红也伸过来，我们在桌面上十指交叉，相互凝视着对方。我闭上眼睛，好像有水滑过我的鼻翼。我不知道我们厦门相遇是不是也是一个错误，我们在一起的每一天、每一秒我都记得，对我来说，这已经是命运的恩赐。你是自由的，我说，今后无论你做出任何决定，我都准备好了，你不用担心。温红点头说，我明白。

晚上，老父亲打来电话，他说，你小舅子来了一次，带了一大袋子食品，搂着东东在脑门上使劲亲，说我是替我姐亲他，挺好的一家人，多乖的孩子啊，说着还掉了眼泪。小舅子告诉我父亲，关丽暂时不能来看东东了，也不能给生活费了。我听到这里不以为然，离婚的时候我写得很清楚：我抚养孩子，不要抚养费。以前关丽每次来看东东，我都说一句你以后不要把钱塞给孩子，我可以照顾好他。但我小舅子后面的一句话让我无语，他说我姐脑部肿瘤做了开颅手术。小舅子把关丽的医院地址告诉老父亲，我问他还说什么，老父亲说他什么也没说。

我在房间里走来走去。我猜想小舅子的意思是让我有空去探望关丽。我可以推托，说现在很忙、我不在北京等等，但我这些理由向谁诉说呢？我为什么不敢去看？我想象关丽面色惨白地望着眼前的探视者，那个几次三番要抛弃她的人，她可能流泪无语，手哆哆嗦嗦地还指着我，她也可能挥挥手，脸转向一边，示意家人让我走开。而我看到关丽又能说什么呢？我既害怕见她，也害怕自己，我害怕的是良心的追问。在菊园，在我们分分合合、乱七八糟的生活里，她多次双手捧着脑袋，头痛欲裂的样子，我为何没有在意呢？如果我们都平心静气，早点就医，或者生活能多给她一点轻松愉悦，她也许就不会出现今天这种情况。面对突如其来的消息，我觉得先前的那些委屈、憋闷甚至怨恨，在铁的现实面前似乎都轻如鸿毛、不值一提。思来想去，我决定汇给小舅子一笔钱，让他转给关丽，并附上一句话：祝妈妈早日康复，东东。

到办公室，我对秘书说，如果有人找我就说不在。我歪在沙发里待了一下午。在小窝屋顶也好，或者公园长椅、北京我的宿舍，加上今天二十四层通透时尚的CEO室，我不都是在躲避吗？我想不被任何事情打扰，一个人安安静静地生活下去，但如果东东长大了问我，妈妈病重的时候你在哪儿？我又该如何回答呢？我原以为来到南国，来到深圳，忙于公司的业务，有了温红，我的生活就掀开了新的一篇，回头一看，刚刚乘坐过的绿皮列车并未开走，甚至连门也没有关上。我仿佛站在阳台上，城市里到处弥漫着礼花和鞭炮的硝烟，电视机里新年的钟声和歌声交替回荡，可是我回到屋内，第一眼就发现去年的台历还放在书桌上最醒目的地方。我想起母亲在病床上劝我的话：身正不怕影子斜，过一阵子，关丽就知道你不是那种人，她就踏踏实实过日子了。这番话当时让我颇感意外。特别是那句“再找个妈，不一定对东东好”，眼下听起来似乎切中要害。和温红在一起，我重新燃起了生活的热情，对今后的事业发展，我能拿出万千个主意，可每当我独处之时，东东的声音和形象就慢慢占据了我思维的全部，我却一筹莫展。回到住处，我徘徊在客厅、厨房、卧室，在几个房间中来回踱步，想象着东东在这里生活的细节。对温红来说也挺难的，我不能把压力都放在她窄小的肩上。也许我和她有一个我们的孩子，她就能平衡一下？我不知道，我没有经验，按照我的耳闻，好像矛盾只能更复杂。我的头也开始疼了。

我先到讲台上，把准备好的课件拷进会议专用的笔记本电脑，回到贵宾休息室等待。有一百人左右，主持人说。我看了大会的签到录，不光是深圳经济报，还有深圳的其他报纸、电视台等媒体，加上一些政府部门、公司、数据中心、网站的来宾，让我最为忐忑不安的是，还有几位社科院及高校的老师。他们来听什么呢？我和深圳经济报的负责人谈过我的讲座纲要，他说了不少鼓励的话，特别强调了长沙媒体朋友的推荐。他说他相信我。我事先把焦立军使用过的、有半斤重的摩托罗拉大哥大借来，还准备把我的新款诺基亚手机一起拿出来，开讲时立在桌面上，给听众一个感观上的冲击。新手机在任何有信号的地方，都可以接收基于WAP的新闻、体育、金融信息服务，收发短信息、传真，书写和发送电子邮件，但看上去比大哥大轻巧，功能更强大，我想从它们的外形对比讲起，再介绍我们公司新闻数据中心的日常工作，当然其中有我对新闻信息加工的认识，包括今后移动信息社会对新闻业务的影响等。可这些观点是粗浅的，还有点凌乱，不成体系。我现在独自坐在休息室，感觉心跳越来越厉害。我害怕讲座时因为我的内容浅显，听众会离席而去，让我难堪，更害怕主要内容讲完后的提问，因为这是议程里规定好的。媒体的朋友我不怕，毕竟我当记者也十年了，我太了解他们，了解他们的工作流程甚至思维习惯，而且我现在从事的工作，与媒体有相似之处，又大不相同，他们难不倒我。但假如那几位社科院及高校的老师提问，我回答不出，或者引起哄堂大笑，我该如何收场？来的路上，我在一瞬间想起关丽的话，你一定有出息。都过去了，我不愿再借助关丽想问题，我想尽快把那一段历史忘掉，如果我现在想寻求帮助，我更愿意用温红的话替代：放心吧，你保证可以啊，去吧！

今天的讲座，温红并不在现场，是我没让她来。温红在深圳的这几天，我发现我和她谈话，已经习惯于漫谈式，实际上我是在借她的清醒来整理我的思路。对于今天会上我要讲的观点，不少是我正在思考中的，我害怕温红在现场，我又习惯性地变得漫无边际，那可就要命了。而且还有一条，即便温红在现场，我也看不到她的表情，看不到我已然熟悉的微笑，我无法进入我俩单独谈话时自在轻松的氛围。不如让我孤军奋战，我会把疑问的话都变成判断句，那样更显得胸有成竹。

主持人衣冠楚楚地走进休息室，他露了一下腕表，说时间到了。我点点头，站起身。为了使自己镇静，我问一句：茶杯要带上去吗？服务员在一旁说，不用，我马上给您另沏一杯茶。我和主持人穿过舞台后廊，向讲台走去，台下响起一片涌浪冲刷海滩似的掌声。坐在自己的桌牌后面，朝台下看去，台上灯光太亮，台下是黑压压的一片。一百人是多少，我没概念，就感觉礼堂挤得满满的，心里还是有点慌。主持人开始介绍我的经历，在掌声中我站起身又坐下，服务员送来新沏的茶，因为见过一面，仿佛心有灵犀，她冲我笑了笑。我抚了抚胸前的领带，想起温红，我不能搞砸，我不会让她失望。我要证明我自己。

我找了一片乘客稀少的候机区坐下来。按时间，温红已经登机了，我还不想马上离开航站楼。那只白色的一次性纸杯在我手里举了半天，我忘了喝一口水去滋润干燥的喉咙和嘴唇。

在深圳的第一场讲座还算顺利，我还是用老经验：看听众的脸，看他们的表情讲，但礼堂太大，我只能看清头两排听众，我就注意听笑声，该笑的地方笑声大，我就知道效果还行。主要内容结束后，我从听众递来的条子中有选择地回答了问题。会后我收了一堆名片，主办方的人挡住许多伸来的手，硬把我拉向后台。多家报纸报道了这次讲座，我收到了两个讲座的邀请。温红不在场，但她好像什么都知道。“不要什么问题都回答，”她说，“你不是所有问题的专家，有些人提的问题是他研究范围内的，是他久攻不下的难题，你贸然回答会捉襟见肘、贻笑大方的。”另外在我讲座中间，温红拜见了以前见过的一位电视台的主任，跟他谈了新节目设想，就是我们说过的关于婚姻家庭冲突和职场冷暴力的内容，从形式到理论，还举了几个案例，主任一直认真听，特别有兴趣，他还问温红能来深圳吗，他说无论从外表形象、人脉关系或者理解层次，这个节目让她主持再合适不过。

还是温红想得周到，为我的设想尽快落地，她已开始铺路搭桥。我想，无论是生活还是在深圳的发展，我都已经离不开温红。

就在刚才，走进候机大厅时，他差点对她说“离不开你”这句话，话到嘴边又咽了回去。从昨天晚上到现在，在餐桌上，在浴室里，在床衾间，在来机场的路上，一直是温红在说，他听。他不觉得温红的话多。他知道让温红多说点，多嘱咐点，她会感觉好一点。进了大厅，温红去买咖啡，回头问他，你要什么口味儿的？她嘴角抿着，脸上的笑有点不自然。卡布奇诺吧，他想尽量让他的表情轻松一些。走出咖啡店，温红突然扑向他，头埋在他颈下：我不想走！就在咖啡店外，在通道上，他们相拥着，路过的人朝这边看。他手里举着咖啡杯说这么多人呢，温红说我不管，嘤嘤地哭出声。他说温红这可不像你啊，我们很快会见面的。他掏出纸巾给她，她边擦边笑。他记得最后温红挥挥手走进安检区，等他转过身才发现，自己衣服的肩胛处有一小块洇湿，前襟被温红揪起一个皱褶密布的鼓包。

大厅的背景音乐若有若无，你不注意听时它真真切切就是背景，和墙上的那些广告牌、并排设置的滚梯、推着行李箱的旅客浑然一体。唉，混乱的、粗蛮无理的日子烟消云散了，该走的、不该走的人也都离开了，我要开始新的生活。常驻深圳的理由我考虑了很久，但只说到一半，老父亲就截住我："东东交给我，你放心去吧！你耽误了这么多年，好好干，干出点名堂。"他因为常年抽烟显得黝黑的脸膛，此刻露出一种我从未见过的镇定自若的神色。东东呢，那个可爱的孩子，面对他黑亮的眼睛，我只说爸爸去南方工作，你好好读书，别惹爷爷生气，我会回来检查之类，然后弯起臂膀喊一声"加油"，更多的内容我实在没想好怎么表达。他已经习惯我常不在家，我回家的时候，他已经学会跑到厨房，挡在爷爷身前，用铲子拨弄几下锅里的菜。大厅玻璃窗外，几个身穿橘红色安全服的地勤工人，正从一架飞机上往下运行李，不远处一辆接送旅客的中巴车经过。关丽住院的消息，我想挑个时间告诉温红。车到山前必有路，我对自己说。

一排排橘黄色座椅在深秋时节给人一种暖意，前两排两个女孩子头凑在一起，亲密地说话，不一会儿就发出一阵无忧无虑的笑声。大厅里回响着播报登机和航班信息的浑厚声音，光滑的大理石地面铺满斑斑驳驳的光影，偌大的玻璃上映射着免税商店里令人目眩的色彩。记忆总是不期而至。我想起在首都机场等待温红的情景。对那时的温红来说，北京是中转站，她办完事又飞回长沙去。至于我和温红的关系，我们以鼓浪屿为起点，北京和长沙是中转站，但是终点在哪里，眼下依然没有明确的答案。在我的生命旅途中，前一个等待过程结束了，新的等待过程又开始。我拥有现在，是我和温红的。温红陪伴我的六年，是我此生最好的时光，我确定无疑。我把纸杯里的水一饮而尽，觉得从喉咙到胸腔舒服多了。我站起身，尽量扩胸，让肺部充满清凉的空气。我想起中秋节，和温红去西涌，那时车内的空气就是越来越清凉，还有沿途椰子树外雨雾迷离的浓绿色的郊野以及越野车在公路上高高溅起的水花……当时的冲动现在终于可以化为诗意。我到零售店买了一支笔，把纸杯撕开，伏在膝盖上写：

中秋无月响雷霆，急雨连珠洒满城。
衢巷浮尘皆涤荡，郊原衰木向滋荣。
入胸潮气凉如水，拂面椰风缓带情。
究竟层云遮不住，天心脉脉为谁明？

诗的写作时间是写今天，还是和温红去西涌的那天？诗的题目是什么？此刻我均不能确定。

窗外的夜空现出宁静透明的宝石般的蓝色，远远近近的飞机与机场地面指示灯发出星星点点的光芒。这很像厦门湛蓝无垠的海面，华灯初上时分皓月当空，跃金浮银，比我孩童时隐匿其中的河湾当然更开阔，更神秘，我好想纵身一跃与它融在一起。

那天傍晚温红并不在我身边，我徘徊片刻然后决定去敲温红的门。我走向航站楼出口，想去什么地方喝上一杯，我要坐在吧台旁，看着红色玛瑙般色泽的葡萄酒液体一点一点流入轻盈通透的、仿佛等待许久的空酒杯。

后记

2018 年秋天，我把过去写的一些杂记、散文、随笔、与朋友的通信，还有收集的部分报纸、杂志，都堆到桌子上，开始了《空心人》的写作。

我近年来的工作，是从事网络舆情的研究，关于这方面的书籍，我已经参与写作、出版了数本。但是当我做出决定，用小说的形式表现我心中酝酿已久的婚恋题材时，我在写作上的底气却几乎跌落至冰点。我悲哀地发现，我在文学方面的磨炼已经搁置了多年。如果再往前说，从大学中文系毕业以后，我一直从事的是新闻工作，在文学方面的阅读和写作，完全是个人的爱好，是工作之余的消遣，我清楚地知道，新闻思维和小说思维，它们之间相距千里。于是，我恶补般地大量读书。2018 年，我在酝酿和写作《空心人》的同时，共阅读了三百零六本书，绝大部分是小说，还有一些是近年来问世的有关小说理论方面的书籍。

写作《空心人》的过程，对我来说主要是战胜怯懦心态的过程。好在夏松涛、关丽、温红等人的形象在我脑海中已生活多年，尽管那时我还不知道他们叫这些名字。我紧紧追随他们的音容笑貌和想法，最大限度地还原我想象中的真实，而关于小说结构、叙事腔调和语言节奏等方面的修为，我告诫自己能做到多少就做多少，不刻意为之。

时至今日，回忆起几个月来自己孤单清寂的写作过程，特别是有时不自信、想放弃的时刻，我得到了杜萌、严晓寒、刘华、蔡兵、博洋等挚友的勉励，心中仍然备感温馨，是他们扶持我一直到在电脑上敲出《空心人》的最后一个字。初稿写完后，我放空自己，两个月不看它。再次阅读小说手稿，是在缅甸的维桑海滩上，我躺在宽敞的凉亭下认真地、像读别人的作品一样来读《空心人》，我发现了不少问题。我注意到，之前在写作中，有时矛盾“到底该不该写出来”的几个段落，重新阅读时竟然最有色彩、最有个性，通篇读罢你会感叹：这些有光彩、有个性的段落如果再多些就好了！我尽我所能又修改了一遍初稿。

接下来是曲折的出版流程。我接触了几家出版社，因为我是文学新人，对方考虑名气、网络冲击等方面的因素，将出版一事搁置下来。幸蒙东方出版社蒋建平先生热情举荐，继而有贵社相关老师们的辛勤工作，《空心人》才得以付梓。我对东方出版社及老师们的感激之情难以复述。

严沧浪云，诗有别趣，非关理也。在这一点上，小说和诗歌相同，毕竟小说不是论文。但我觉得，《空心人》所涉及的“冷暴力”理论及在中国的研究现状值得社会关注。它不仅在婚姻家庭方面，同时在职场以及长幼关系上都有所体现。我所接触到的人，对我谈到的“冷暴力”及小说中的人物遭遇都非常感兴趣，我们之间几乎都产生了热烈、无拘束的谈话。这使我对小说中“理”的必要性增添了信心，我的确在修改中增加了“理”的份量。但它也给我带来了矛盾，它使我对故事情节及其对人物关系的影响也产生了忧虑，至少在潜意识中对夏松涛这一人物的同情，就增加了几分。

说到关丽，我和朋友之间有很多争执。她在小说中似乎承载了太多内容，在这一点上，我格外为她担心。其实，无论夏松涛、温红或杜小芳，我又何尝没有担心之处呢？每念及此，我就想，我尽可能把他们完整地交给读者，作者的使命就算完成了。小说出版了，就像女儿嫁出门，剩下的只有默默的祝福。

我对小说的结尾修改过多次，目前的定稿是一种开放式的结尾。对于无数夏松涛和温红来说，哀莫大于心死，他们倘若从心如死灰的状态中苏醒过来，吸进更多的新鲜空气，在一片瓦砾之上开始新的人生旅程，作为一个人无异于获得了重生。这是我发自心底的愿望，它在诸种结尾的构想中得以胜出。

是的，我是个文学新人，你在阅读的同时，我也正在读着呢，不管我们读的是纸质版还是电子版。像卡夫卡说的，让我们多一些砍向我们内心冰封大海的斧头，一起来做“有心人”。

雪中桦

2019 年 9 月 12 日

图书在版编目（CIP）数据

空心人 / 雪中桦 著 . — 北京：东方出版社，2020.4
ISBN 978-7-5207-1201-9

Ⅰ. ①空… Ⅱ . ①雪… Ⅲ . ①长篇小说—中国—当代 Ⅳ . ① I247.5

中国版本图书馆 CIP 数据核字（2019）第 197168 号

空心人
（KONGXIN REN）

作　　者：雪中桦
出版统筹：吴玉萍
责任编辑：赵爱华
助理编辑：杨袁媛
特约策划：蒋建平
出　　版：东方出版社
发　　行：人民东方出版传媒有限公司
地　　址：北京市朝阳区西坝河北里 51 号
邮　　编：100028
印　　刷：万卷书坊印刷（天津）有限公司
版　　次：2020 年 4 月第 1 版
印　　次：2020 年 4 月第 1 次印刷
开　　本：880 毫米 ×1230 毫米　1/32
印　　张：8
字　　数：180 千字
书　　号：ISBN 978-7-5207-1201-9
定　　价：36.00 元
发行电话：（010）85924663　85924644　85924641